柳田國男
島木健作
寺田寅彥
萩原朔太郎
宮澤賢治等
——著

林佩蓉
——譯

和日本文豪一起尋貓去

山貓先生、流浪貓、彩虹貓、賊痞子貓……
一起進入貓咪的奇想世界

目次

輯二　喵星人劇場——

寫在前面——誰的召喚？掉進貓咪的異世界

◎廖秀娟（元智大學應用外語學系副教授、日本大阪大學博士）

貓是人類最早馴養的動物之一，據傳貓與人類的關係源始於五千年前古埃及人為了杜絕老鼠竊食糧倉中的穀物，將利比亞地區的野貓馴養成家貓。然而古埃及人發現貓不止會抓老鼠保護糧倉之外亦善於捕捉毒蛇，便將貓視為聖獸。他們深信夜晚時太陽的光芒被收藏在貓的眼中，貓的瞳孔隨著光線變化，可在夜晚中行動無礙，安然渡過陰間冥河，古神話中太陽神瑞之女——貓首人身的巴斯特女神便以貓的形體化身受人崇拜。

而日本貓咪的出現則普遍認為與佛教傳入有重要的關連，學者中西裕指出在《愚雜俎》一書中作者田官仲宣曾撰寫「大船中鼠患嚴重，船送往古佛經之時，為防範船中之鼠，便讓貓乘坐船中。這乃是擔憂大藏經為鼠所付」，原來為了防範船中老鼠啃食佛經便讓貓登船隨著佛教傳入日本。

民俗學家柳田國男在〈流浪貓觀察記〉中，不忘民俗家考究的本性，提到日本文學史中二篇有關貓咪的經典作品：一篇記載在平安時期由清少納言所撰寫的隨筆文學《枕草子》第六段（翁丸之段），另一篇則記載在經典文學紫式部《源氏物語》「若草上」、「若草下」，女三宮與柏木的私通事件中。日本進入平安時代中期以後，以宮廷為中心的貴族社會流行飼養貓，特別是以優雅、凜然著稱從中國引進的珍貴唐貓。此時的貓早已失去了捕捉老鼠的實用性，儼然已成為貴族的珍愛寵物。在《枕草子》翁丸之段中，倍受宇多天皇疼愛的愛貓〈御貓命婦〉官拜五位，可登聖殿議事，並有專門的乳母照顧受寵致極。某日此貓被天皇御犬翁丸追趕，驚嚇之餘逃入御簾中。天皇得知愛貓受到驚嚇後震怒，將翁丸責打一番遍體鱗傷渾身是血後逐出皇居御所，乳母更被貶職撤換。這場貓狗大戰猶如本書收錄作品夢野久作〈小偷貓〉般，但與翁丸、乳母的命運相反，〈小偷貓〉（一九二二年十二月）中的狗兒紅太郎幫助女傭洗刷了偷竊牛肉的嫌疑，冤屈得雪。然而到一九二二年紅太郎的勝利為止，基本上有千年之久高貴美麗、纖細令人憐惜的貓兒仍舊穩坐日本人膝上，被細心呵護捧在心上如同心頭肉一般。

《源氏物語》「若草上」、「若草下」段中，貓咪則成了成就戀愛的使者、情人的化身，逐漸具有擬人之姿。在六条院蹴鞠之日，女三宮所養的唐貓被大貓追趕跑出了御簾，綁在貓兒身上的線與御簾交纏不小心掀起了御簾一角，無意間讓柏木看到了已經許配給光源氏為妻的女三宮的容貌，他被女三宮的美貌奪去心神，解開纏繞貓咪的細線後他將唐貓緊抱埋首，細細品聞透過貓兒傳遞而來女三宮身上的淡淡香氣。在「若草下」時，柏木順利取得了女三宮的唐貓，夜晚唐貓與他同床共枕、白天他用心呵護悉心照顧，唐貓就像柏木對女三宮愛情的象徵、戀情的指標，更是女三宮的化身。藉此可看到貓咪被比擬成女人，成為心儀女性的替身。

然而文學作品中的貓咪除了上述二項形象之外，江戶時期因貓咪的神祕性而產生了對貓的恐懼感，便出現了具有妖邪之氣的貓妖形象，被人畫入浮世繪（《獨道中五十三驛》「岡崎之貓」）之中，貓躍然一變成了人們恐懼的對象。有關於貓妖的描寫最早初見於《今昔物語集》本朝世俗部卷二十八「大藏大夫藤原清廉、怖貓話」。十二世紀中旬日本出現了野貓，大大的改變了人類與貓咪的關係，在人類飼養下的貓咪大多依賴人類餵食，對人類社會抱有絕大的信賴與安心感，然而野貓卻非如此，牠既不依附人類，也不相信人類，對於人類只抱有難以抹去的戒心與敵意，聳背逆毛伏耳準備攻擊的姿態，讓當時早已習慣了唐貓優雅、楚楚可憐身影的日本人難以招架也無法理解，對於野貓的野蠻與無名狀的惡意心生恐懼與畏怯，貓兒幻化成令人畏懼的貓妖，變幻無形可自由往返於現世與異界。據傳最有名的貓妖〈貓又〉，是由年齡過長的貓幻化而成，具有妖性，貓尾一分為二，有時會頭蓋手巾高舉雙手跳舞，幻化成人後撲食人類。

時間來到了近代，近代小說家愛貓、寫貓的程度絕不亞於前人，例如夏目漱石在〈貓之墓〉一作中提到，家中的愛貓（《我是貓》中的無名貓）過世時，將牠的遺骸放入木箱埋於庭院北側櫻花樹下，親筆撰寫碑文隔日即向友人學生發送愛貓的死亡通知；谷崎潤一郎〈貓與庄造與二個女人〉一作中惡貓莉莉宛若將男人玩弄於掌中的惡女一般；內田百閒在〈Nora啊〉一作中淚流不止頻頻呼喚走失的愛貓Nora。而本書所收錄的作品亦延續著上述起源自古典文學中三個貓的面相。

隨筆〈鼠與貓〉、〈小貓〉作者寺田寅彥是一位支撐起日本物理學黎明期的一流物理學家，同時他也以漱石於熊本第五高中任教時的學生而聞名，漱石作品《我是貓》中的科學家水島寒月以及《三四郎》中的野野宮宗八即是以他為範本型塑而成。他曾撰寫過多篇有關自家愛貓三毛與小玉的隨筆。在本書中所收錄的〈鼠與貓〉、〈小貓〉作中，他詳細的說明何以原本不愛貓的自己開始養起了兩隻貓，作中細膩的描繪出三毛與小玉的可愛模樣，也讓宣稱不愛貓的作者完全臣服於貓掌下的貓奴模樣全然呈現。

另一位描寫貓兒聰穎機靈模樣的作家，是大正時期作家宮原晃一郎。明治十五年九月出生於鹿兒島，因父親輾轉換職緣故，數次搬家只曾短暫居在鹿兒島，十歲到三十四歲期間皆在北海道度過，他自小體弱多病無法至大學求學，仍奮發向上獨立自學多國語言，成為翻譯北歐文學的重要譯者。在他任職小樽新聞社記者期間，認識了時任東北帝國農科大學（札幌農學校）的講師有島武郎，在大正五、六年間有島武郎的日記中，時常可看到宮原晃一郎的名字以及彼此往返的書信。宮原晃一郎總計五十四篇作品發表於兒童文學雜誌《赤鳥》，初期作品多以鹿兒島的民話為素材，後期以彩虹貓為主角創作了一系列的童話故事，本書共收錄了兩篇〈彩虹貓的讀心術〉以及〈幸坊的貓與雞〉。在〈幸坊的貓與雞〉中，貓咪小黑除了頭腦聰穎之外，彷彿空間的使者般在空間中來去自如，這和宮澤賢治的〈橡實與山貓〉有相似之處，貓如異界的守護者將其帶往異世界。〈橡實與山貓〉男主角一郎收到來自山貓的奇怪明信片，希望他去協助裁決大會，就在他前往的路途中，山貓出現時「風呼呼地吹整片草原如波浪般的舞動」，風如同異界的指標引領一郎前進，將他帶往異界。

然而若要說到不小心走進異空間，一般人會馬上想起的是二〇〇二年吉卜力工作室推出的動畫《貓的報恩》在一大群貓的強行帶領下，女主角小春被帶往了貓國，開始了在貓國的生活，舒適的生活讓她忘了得返家，若不即時返回將永久變成貓。相同的故事結構在詩人萩原朔太郎的作品〈貓町〉中也可看見。朔太郎在他的第二詩集《青貓》中，以貓的身影來謳歌建構在美麗虛幻中的都市空間，短篇小說〈貓町〉是一篇具有幻想性散文詩風的作品，在一成不變的生活中藉由貓的幻影襲來，重新思考自身的生活與宇宙。故事中前往北越溫泉街正在散步中的「我」突然失去了方向感，走進了一條美麗的繁華街道，但是就在萬象靜止空氣凝結之時，下個瞬間沉默炸開，世人難以想像的恐怖異象發生，「貓、貓、貓、貓、貓、貓、貓，無論何處盡是貓」，幻化成人形的貓集團像是要埋沒整條街道般大量的湧出，而下一瞬間又從「我」眼前消失，「我」眼中看到的究竟是幻覺、現實亦或是貓妖呢？

論到貓的恐怖氛圍，豐島與志雄發表於一九四八年十二月的作品〈棄貓坡〉是篇充滿鬼氣的短篇小說。棄貓坡是一座斜坡的名稱，此坡原本無名，但因時常有人將死去的小貓與病貓丟棄在此，就有人將此坡稱作棄貓坡。坡旁剛好是醫院屍體的放置場，這坡道雖是條可讓人行走的路，卻因兩旁雜草叢生、石灰塵埃高堆使得坡道顯得陰森。戰爭期間因空襲的緣故，放置場的中間被炸彈炸開成了窟窿，往內一看可看到地下室的池水中屍體堆積如山，有焦黑乾癟亦有彎折扭曲，空氣中瀰漫著惡臭，而這屍體的惡臭與久臥病榻的母親身上的味道相仿，地下室中的異味與母親的病房交相重疊，屍體與母親的身影交錯，透過空氣中異臭的描寫，突顯出戰敗後瀰漫於日本空氣中的無奈與頹敗感。

在日本宣布敗戰後的第二天一九四五年八月十七日，作家島木健作因病過逝，久米正雄在島木的床前悲傷低語「這是一個時代的死亡」（高見順《昭和文學盛衰史》）。島木晚年的短編集《到出發前》總計收錄了十三篇作品，其中一九四五年十一月發表的〈黑貓〉與一九四六年發表的〈赤蛙〉為遺稿，十三篇短篇作品群中，四篇動物短篇〈黑貓〉、〈赤蛙〉、〈蜈蚣〉、〈果蠅〉獲得高度評價，展現出截然不同的世界觀，其中最令人印象深刻的作品則是〈黑貓〉。因病臥床的「我」某日曾讀到描寫樺太大山貓性格高傲的文章，幾日後有隻與樺太大山貓血緣相通的黑色野貓在家附近徘徊，大山貓不同於家貓看人臉色乞食，牠在食物艱難的時代雖飢餓也不搖尾乞憐、態度凜然不卑不亢。某日堂堂正正夜襲準備偷竊食物的黑貓被制伏落入母親手中，「我」雖想替黑貓求情，但是在食物難以入手的年代，終日躺臥在病床之身實在難以開口，就在我體弱午休之際，黑貓即被母親處理掉了。戰爭的年代物質艱困的時期，人們已經毫無餘力也無多餘的食物來飼養貓咪，將之當作寵物般的疼愛，街上盡是被拋棄的野貓野狗，然而這隻大黑貓即便處在生命的極限邊緣仍不失孤高的尊嚴，這份自恃讓牠得到主人公「我」的敬佩。故事中的黑貓是島木的理想像，象徵戰時下不放棄理想、不與困難輕易妥協，為理念奮戰至極限的理想人物。

本書收錄十篇作品，時代貫穿明治、大正與昭和，延續戰前與戰後。

不論是甜蜜可愛的貓咪三毛和小玉、或是聰敏機智計謀多端的彩虹貓、駕車四方奔走為森林成員裁決的大山貓、亦或是傲氣凜然的大黑貓，此書中應有盡有，歡迎細嘗慢嚥近代文學作品中貓兒的百變幻化。

參考文獻

石崎等（一九七九）「日本文学史の中の「猫」」『国文学解釈と鑑賞』六二巻六号、一〇八—一一七頁。
中西裕（一九八七）「日本「猫」文学史序説（一）—唐猫の頃まで」『日本文学誌要』三七号、七五—八八頁。
中西裕（一九八七）「日本「猫」文学史序説（二）—そろそろ猫が化ける頃」『日本文学誌要』三八号、七二—七七頁。
吳侑蓉（二〇一三）《日本近代文學中的貓像—由明治期到昭和期作品看起》淡江大學日本語文學系碩士論文。

輯一　假如世界只剩下貓……

流浪貓觀察記

柳田國男｜やなぎた　くにお

關於貓與人類之間最初的往來，以及這種動物的分布管道等歷史，至今仍有許多尚未闡明的缺角。然而，再從牠們的角度來看，基於某些無可奈何的偶然因素，這種文化又將出現巨大的變動。

一

朋友住在瑞士。聽說有一天，年邁的語言女老師反常地哭喪著臉來到他們家。那時，市內的養狗稅正準備要提高三成左右。「以我們的家境，實在付不起這次的稅。之前也是勉強養著牠，現在實在是沒辦法，今天一早就把牠帶去政府機關了。」女老師說著、說著，眼淚又嘩啦嘩啦地落下。

政府機關指的是撲殺犬隻的機關。那裡和東京等地不同，沒有飼主幫忙繳稅的狗，就沒有存在的餘地，就連一隻也不行。如果不撲殺，就免不了會在街頭看到成堆餓死的狗。在流浪狗這個詞彙難以更進一步說明之前，狗的文明也逐漸有所進展，然而即便如此，在日內瓦等城市裡還是能看到很多狗。

養狗的人之中，有不少獨居者。經常能見到和狗說話的老人。在這個社會，從五樓、三樓的窗戶探出頭來，也不吠叫，只是望著過路人的狗多不勝數；雨勢暫歇時急急忙忙出門，只為了帶狗出去散步，實際情況就是如此。據說大家都認為偶爾一個人外出時，狗狗就會不知所措地在門口等待，這樣太可憐了。旅行或生病時，也有可以暫時安置狗狗的寄宿旅店，但由於價格高昂，加上放心不下，通常會盡量不去旅行。

至於貓咪又是如何呢？在我的仔細觀察下，注意到的第一件事是沒有養貓稅。即便如此，有人豢養的貓咪數量貌似遠少於狗。如同日本也有的既定印象，狗是人類的僕人、貓則是真正的家畜，是住宅的附屬物。如果需要鎖上門外出，很難只把貓咪留在家中，自己出門。而要驅趕老鼠，也有其他新方法，因此一般來說，人們會傾向疏遠貓咪。

女三宮[1]與御貓命婦[2]這兩個有名的逸聞，或許已經成為難以三兩下就能理解的古老故事。在我們日本，也有很多飼主會謊稱如果太寵貓，牠們就不再會抓老鼠，只會日復一日地吃著鮑魚殼[3]裡的食物，虛度時日，

譯註｜1｜極負盛名的日本古典文學著作《源氏物語》中，女三宮已經嫁給主角源氏，有次卻因為貓咪拉扯到窗簾，導致兩個男人不經意窺見女三宮在閨房中的景象，這件事也影響了女三宮未來的命運。

譯註｜2｜命婦原為日本古代的女性官職，在與《源氏物語》同富盛名的日本古典文學著作《枕草子》中，作者為貓咪取名為命婦，並加上「御」的尊稱，這是日本史上為貓取名字最早的紀錄。

譯註｜3｜江戶時代的浮世繪中畫到貓咪時，經常會描繪人類以鮑魚殼為貓碗，貓咪正在吃碗裡食物的畫面。

因而才打消寵愛貓咪的念頭。市內絲毫不見老鷹與烏鴉到訪，看到壓扁的老鼠長時間倒在地上，又會開始發揮豐富的想像力，覺得到處都是貓咪的食物，貓沒有我們的愛護，再怎麼樣也能生存。如此一來，人與貓之間的關係會漸漸演變至此也是理所當然的。

二

隔了好久之後，再次來到水都威尼斯的達涅利飯店（Hotel Danieli）遊玩時，我聽到經理對不知道來自何處的老太太說，這裡的地下室因為有許多流浪貓而相當聞名。有人把這奇妙的事當成賣點，飯店也把這件事當成趣聞，寫在發送的小手冊上，還寫著如果想前往探訪，我們會為您安排。位於威尼斯的地下室倉庫，可以想像濕氣會有多重，而在那裡的陰暗處，棲息著不知道繁衍了幾十代如野獸般的貓，其數量也不知道會有多少。而且依服務生所說，每天都會放一定分量的食物在入口處，所以牠們也不完全算是流浪貓，但再怎麼說也不是養在家中的寵物。

我聽聞這件事後，想起日本店家的習俗，他們會把貓咪的土偶擺在坐墊上，稱之為招財貓，我覺得很有趣。不知從何時開始，莊嚴氣派的達涅利飯店以此作為宣傳手法，但古老的飯店中，有多少間的地下室倉庫沒有貓呢？只是把食物丟在那裡，卻沒有人照顧牠們，最後貓咪就只能躲進地下室不斷繁殖了。因為這些貓咪就像是怨恨主人、深感世事無常而隱居山林的祇王、祇女[4]，沒有存在的理由。

像古都羅馬這些連冬天也很溫暖的地方，不只是流浪者天然的藏身處，同時也是無家可歸貓咪的樂土。或許已經有人在遊記裡寫過，從古羅馬廣場開始，市內大大小小相鄰的遺跡，全都是牠們的領土，無論什麼時候前去，聖火神殿傾倒的石柱上、剛挖出不久的舊王陵墓中，都必定會見到牠們看到人類時竄逃的模樣。像卡比托山的北麓、現今皇室首位國王的

譯註｜4｜日本平安時代的人物，又寫作妓王、妓女。《平家物語》中曾描寫祇王、祇女兩人是姊妹，擁有曼妙舞姿，原本備受平安時代末期地位崇高的平清盛疼愛，後來則失寵，至京都祇王寺出家為尼。

紀念碑旁，留下宏偉遺跡的圖拉真廣場那樣的地方，周圍是高聳石壁，不容易爬下去，所以數十隻流浪貓經常在那裡優閒玩耍。牠們大概是吃青蛙或蜥蜴維生吧，每隻貓咪都不倚靠人類，看起來就像是一步一步自在地建構出嶄新的社會。此一種族的共同生活，是由義大利的特殊環境所促成，將來又會如何發展呢？未來想必有些人前來探訪這人們口中古老的城市，僅僅是為了想知道這個問題的答案吧。

三

關於貓與人類之間最初的往來，以及這種動物的分布管道等歷史，至今仍有許多尚未闡明的缺角。然而，再從牠們的角度來看，基於某些無可奈何的偶然因素，這種文化又將出現巨大的變動。而且我想即使在相隔千山萬海的世界各地，這個種族裡每一個個體身上都帶有相同的因素。

回到東京後，發現我的家中也如同往常，從以前就待在這裡的流浪貓一家，仍舊和我們一家子共同生活。牠們的特徵是白底紅褐色斑紋，且臉部十分扁平，到這一代，斑紋的位置也大致相同，這些貓咪一代接一代地傳承下去。遠在我們家最大的女兒都尚未出生前牠們就在了，應該不是從屋內移居戶外的。我對於一開始來到我們家緣廊[5]定居的第一代母貓，也隱約還有印象。應該是因為某些誤解才離開原本的飼主，來到我們家。隨著年紀增長，牠的脾氣變得很暴躁，一副不講理的樣子，完全無視我們，就從庭院前走過去；然而我們只要看到牠，便絲毫不敢怠慢。就這樣，牠安全的討食方法，比家貓的討食技術要好上好幾倍。

到了春天，這隻母貓出門玩耍，大聲地喵喵叫。叫了一會兒後，不知道從哪裡傳來小貓的微弱叫聲，躲著人類的母貓，眼神變得更加猙獰。有幾個月都可以看到兩、三隻可愛的小貓四處玩耍，每一隻都有十分相似的紅褐色斑紋。仔細一看也會發現，其中有幾隻小貓，十分害怕人類，充滿

譯註｜5｜日式房屋屋外的走廊，可以在此休息、觀賞風景。

恐懼；也有些小貓比較大方，會留在原地觀察人類，如果距離較遠，就會蹲著觀察，人類對牠們說話就會喵喵叫；家中的父母如果不是太討厭貓，有幾隻小貓也可以慢慢和牠們拉近關係後，再帶回家養。

牠們很快就全都長大了，變成讓人頭痛的貓小偷，接著又生下新的小貓。因為毛色十分相似，很難計算出到底有幾代，但想來想去，也有十幾代後裔，不可思議的是，老貓的數量並沒有大幅增加，也有可能是因為某些原因而死了。但小貓自然能夠看出大概的年紀，長大的貓咪也大致上看得出來，之所以年輕貓咪占較多數，多半是因為相較於家貓，牠們的壽命要短得多吧。

然而因為沒有飼主，這些貓咪看起來一派優閒。從玻璃窗裡觀察，發現牠們一天裡，會在庭院來來去去無數次。牠們會走近地上稀疏的樹枝或草葉，獨自玩耍。沒有人在的時候，這些小傢伙不只會跳到緣廊上午睡，有時還會悄悄溜進客廳來。我只要一發出聲音，牠們就會立刻躲起來，但下雨天之類的日子似乎又很不甘寂寞，會跑過來好幾次，如果拉門開著，牠們往門裡會偷看，看到有人就喵喵叫，實在難以相信貓和老虎是同科的生物啊。

另外有隻小貓在還沒長大時個性意外地溫和又親人。家中的孩子為牠取名為小玉，會餵牠吃東西，走出庭院時牠就會走過來讓我們抱，關係十分親密。看起來似乎只有這隻貓混到其他族群的血緣，但觀察牠的毛色裡，那些和其他貓極為相似的紅褐色斑紋，就發現遺傳的過程會發生各種變化，牠們這個族群也不例外。而再過一段時間，牠們的血緣關係會變得愈來愈薄弱，最後和其他同類更難以區別。

四

貓會逐漸離棄人類，其實早就能看出端倪。大致來說，人類與貓之間的連結，不如與牛、馬、雞、狗之間的連結那麼緊密。從人的角度來看，貓咪的眼睛也讓我們不敢放下戒備，對牠們完全放心。就像梅特林克的《青鳥》中也曾描寫的情節，也就是貓咪的舉動難免讓人懷疑可能心存憤恨，想要報仇。再加上面對自私自利的人類，要說他們的奉獻，也就只有抓老鼠而已，但即使只交託這項任務，牠們看起來卻反而一副懶洋洋的樣子。

貓咪的死亡無論如何都超出我們的理解範圍。有人說，要收留貓咪時，最好先對牠宣告年限，如此一來，時間一到貓咪就會搬走。但只有對貓咪需要這麼做，狗狗卻不需要。因此人們開始流傳，老貓會幻化成妖，也有人相信牠們會以深山作為集合地，例如阿蘇的根子岳[6]。我曾聽祖母提過，信州有個人長期臥病在床，便有貓來到病床旁，久久不願離開。「貓真是討人厭、真是讓人感到不舒服啊。真想趕快好起來，把你丟掉。」那個人總是把這些話掛在嘴邊。後來他終於完全康復，便用包巾包住那隻貓，走出家門，準備把貓帶走丟掉，但從此以後，那個人再也沒有回家了。

譯註｜6｜日文中「根子」發音同「貓」。日本傳説中，根子岳上有貓妖幻化成人形，會招待路過的旅人進入屋內歇息，一旦旅人在屋裡泡了澡、吃了食物，就會永遠變成貓。

也有很多傳說提到貓會說話。下面這個故事也是祖母說給我聽的。在同一個山中國度，每到春天，門外的路上就會有賣小魚乾的小販邊走邊吆喝。某個靜謐的日子裡，拉門外傳來「小魚乾！小魚乾！」的叫賣聲，和一般商販的兜售聲相比，卻又來得細小且低沉。屋裡的人感到很不可思議，打開拉門一看，街道寂靜無聲，只有緣廊上有貓。大概是每次魚乾小販來時就會餵貓吃些小魚乾，貓咪便學會那叫賣聲，模仿了起來吧。

《新著聞集》[7]裡也刊登了幾則貓說人話的故事。有隻貓追一追老鼠，從樑上失足摔下，掉到榻榻米上時，口中喃喃念著南無阿彌陀佛，還真是一隻老派的貓咪啊。另外還有個和尚感冒睡到一半時，半夜有人進入隔壁房間，並發出聲響。於是，睡在被子一角的貓便悄悄起身走出去，小聲說：「方丈大師生病，今晚我不能和你一起出去了。」裝睡的住持聽到牠們的對話，隔天早上便平靜地對那隻貓說：「不用在意我，去你想去的地方吧。」貓咪聽了，便突然跑了出去，從此再也沒有回來。

譯註｜7｜日本於1749年發行的傳說故事集，蒐羅了各地的奇聞逸事。

另外一個傳說是這樣的——有個人的手拭巾[8]不時失竊，仔細留意後，有次終於親眼看見貓咪叼著手拭巾偷偷溜走。驚慌之下他大叫一聲衝了出去，從此再也沒有回來。就貓咪而言，如果想要跳舞，大概就要模仿人類披上手拭巾吧。「而且如果擅自把貓抓回家和其他家畜一起養，最後尾巴應該會分裂成兩條吧？」「尾巴那麼長，感覺好詭異。」人們總有這樣的想法，和牠們相處時經常心有顧慮，因此最後貓咪總是疏遠人類，又無法離開人類世界，便駐足在人們四周，形成小小的威脅。這樣的狀況，和北美以往曾遭受奴役的奴隸成長後，逐漸成為白人社會的難解問題，兩者之間有幾分相似。

五

在人類世界裡，公的三花貓也很引人注目。不只單純因為牠們稀有所

譯註｜8｜日式棉質布巾，可當作毛巾、手帕等使用。

以珍貴，不知道從何時開始，有人說當海上波濤洶湧時，必須獻上三花公貓給龍神以破除這難解的災厄，即使要付出大筆金錢，船長仍會想辦法買到手。以貓作為供品的古老傳說，在其他民族也不時聽到，如果這是人們一開始從深山裡把這種動物帶回住處的動機，那牠們幻化成妖怪也不是什麼不可思議的事、會背叛人類也很正常。換句話說，人類和貓之間的交易已經結束，現在就只是從古演變至今，殘留下若干未解決的問題而已。

至於沒有尾巴的貓在日本的文化史中，似乎也是頗為重要的一項歷史紀錄。牠們之所以沒有尾巴，就像猴子等動物一樣是天生的嗎？或是就像現在的乘用馬或某個品種的狗一樣，是出於人類的喜好而「改良」的呢？動物學家的說法有待證實，但就我而言，我比較相信原因是後者。即使是人為因素所造成，如此一代一代傳承下去，便會成為固有的特質並遺傳給下一代。這樣的例子在人類身上最常見到。在我們這一代人之中，耳垂上有孔的仍然很多。日本人廢除戴耳環的習俗，至今至少也過了千年，卻唯有那道痕跡仍然一代一代遺傳下去。對外國人來說，日本的貓沒有尾巴，這件事相當不可思議。「就像貓尾巴一樣可有可無。」聽到這句俚語，沒幾個白人不會感到訝異。聽聞這一點，換我們日本人感到愕然，這不是什麼值得大驚小怪的問題吧。

我說了這麼多，其實就是想討論貓咪的尾巴。貓尾巴似乎可有可無，似乎又應該要有。我們的祖先既然身為人類，做任何事都有其目的，這一點應該不用再多說。而且把貓改造成這種沒有尾巴的三花貓後，再把牠們放逐到荒野，這到底有何用意？究竟是不是沒有任何誤解，也並非出自於自私，並且有其先見之明，考量到貓咪的幸福才這麼做呢？忙碌的紳士們，對於這個問題恐怕永遠也不會知道答案。

就我所知，《太陽》雜誌的記者濱田德太郎是第一流的貓咪學家。他的研究是以貓咪本身的心理為出發點，不知道在他看來，日本貓咪大國的這種文化，未來會是樂觀或悲觀呢？我希望以此為開端向他請教。目前對於我的各項疑問都已經寫清楚了，最後還想再順帶聊聊日本各地方言中難以理解的變化與一致。在日本，有些縣會稱貓為 yomo，也有些縣會稱狐狸為 yomo。之所以會以「yomegakimi」來稱呼老鼠，或許也是 yomo 的誤傳也說不定。日本有些地方也會把麻雀叫做 yomutori。在南方諸島，特別是沖繩，yo–mo 指的是猴子。這些詞給人的感覺都像是靈物或魔物，實際上卻並非如此。對了，琉球已經沒有那種名為 yo–mo 的猴子了。

◎作者簡介

柳田國男・やなぎた　くにお

一八七五—一九六二

日本民俗學樹立者。出生於兵庫縣，舊姓松岡。少年時期熟讀詩文，傾心自然主義文學，與國木田獨步、島崎藤村等作家深交。畢業於東京帝國大學政治系，隨後任職於政府農商務省，並擔任早稻田大學農政學客座講師。一九〇八年前往九州山區、岩手縣遠野地區進行田野調查，深受當地民間傳說吸引，開始著手民俗學研究。一九三二年辭去工作後投身民俗學，不僅創立「日本民俗學會」、創辦《民間傳承》雜誌，並於昭和初期確立民俗學為正式研究科目。一九五一年獲頒日本文化勳章。出版有《遠野物語》、《桃太郎的誕生》、《蝸牛考》等代表作。

黑貓

島木健作｜しまき　けんさく

我想像如此剽悍的生物雙眼炯炯發光，在庫頁島的密林中徘徊的模樣。牠是整座庫頁島上已經瀕臨滅絕的族類中，最後一、兩隻倖存的歐亞猞猁。這該有何等孤獨啊！然而這份孤獨，卻並未伴隨絲毫孤清的身影，有的僅僅只是一股傲氣，與滿滿的鬥志而已。

前不久病況稍有好轉，能在小睡片刻後讀點書，那段日子裡，我最先拿上手來閱讀的是遊記。我素來喜愛遊記，讀的數量卻遠遠不及喜愛的程度。和人聊起，意外發現他們也不太讀遊記，至少讀的量無法和某種隨筆相提並論。大家的想法似乎都相同，認為那些土地紀行和自己永遠不可能扯上任何關係，便提不起興趣；二來，讀過一些遊記後發現，能讓人對那些完全陌生的土地產生深刻感受的篇章極少，加上有時雖然會因懷念某個曾經造訪的地方而閱讀與之相關的作品，通常也只會大略翻閱已知的部分。還記得我自己也曾一邊書寫紀行類的文章，一邊想著：「這種東西到底有誰會看？」想著、想著便失去自信。這次長期臥病在床後我更相信，最忠實的遊記讀者肯定是病人。

我讀間宮倫宗、松浦武四郎和菅江真澄；也讀哥德[1]、西博德[2]和斯文・赫定[3]。明治時期[4]以來的文人著作，只要是家裡有的，不管作者是誰我都拿來閱讀，無一遺漏。那些為數不多的書都看完後，我便要幫傭把

譯註｜1｜Johann Wolfgang von Goethe，1947-1932 年，德國詩人、小說家。

譯註｜2｜Philipp Franz Balthasar von Siebold，1796-1866 年，德國醫師、博物學者。

譯註｜3｜Sven Anders Hedin，1865-1952 年，瑞典地理學家、探險家。

譯註｜4｜西元 1868 年至 1911 年。

地理學雜誌擺在枕邊。好幾年前開始我便持續訂閱地理學雜誌，至今都只是疊在一旁，這次趁機優閒地一頁頁翻閱，慢慢地，我開始感覺這樣的樂趣無可比擬。

這本雜誌最近幾期連載某位博士的庫頁島旅行談，我讀了覺得十分有趣。其中談到庫頁島瀕臨絕種的歐亞猞猁[5]，讓我的幻想猛烈迸發。內容是這樣的——庫頁島的歐亞猞猁曾先後三次遭到捕獲，分別在明治四十一年、大正元年和昭和五年，一般都認為牠們在此之後已經絕種。然而到了昭和十六年的二月，又在野田這個地方捕獲，這次抓到的是母猞猁。獵師派出獵犬，卻反遭驅散，震驚之下獵師舉起槍來，此時，歐亞猞猁突然從樹上對準下方的獵師小便。我反覆閱讀這篇簡單的記事，意猶未盡地看著書頁中插入的歐亞猞猁照片。照片上的歐亞猞猁約是在明治大正時期捕獲後製成標本，因此樣貌等可說和實物全然不同。然而那份據說連熊也能打倒的剽悍、凶猛的特質，卻表露無遺。頭加上身體接近一公尺高、毛色是

譯註｜5｜Lynx，大山貓的一種，又稱為猞猁。

帶點紅色的深灰色、圓形的深色斑紋零散分布於全身；被毛不長，但感覺相當濃厚；嘴巴幾乎要裂到開臉頰，臉頰上有一束毛像流蘇般叢生，鬍鬚又白又粗。但最能呈現出那份凶猛特質的，則是那柔韌性十足，讓人想用樹幹形容的四肢。動物通常是腳部上方粗壯，愈往腳踝就愈細不是嗎？一般也認為，腳踝太粗會導致行動不敏捷，但歐亞猞猁的四肢卻是從上到下粗壯程度幾乎一致，而且還比身體來得更粗更長，相當嚇人。這不僅沒有帶來絲毫笨拙感，甚至更讓人感受到那股彈跳力十足的猛烈力道。牠用這樣的四肢，近乎無聲地行走；而腳趾內部，則藏有如剃刀般足以把熊的剛毛撕裂的爪子。

我想像如此剽悍的生物雙眼炯炯發光，在庫頁島的密林中徘徊的模樣。牠是整座庫頁島上已經瀕臨滅絕的族類中，最後一、兩隻倖存的歐亞猞猁。這該有何等孤獨啊！然而這份孤獨，卻並未伴隨絲毫孤清的身影，有的僅僅只是一股傲氣，與滿滿的鬥志而已。無論在什麼情況，牠都不會喪失森林王者的氣派。身為萬物之靈的人類舉槍瞄準時，牠沒有逃跑，甚至沒有亮出最強的武器準備正面交鋒。牠就只有從人類頭頂上方，抬起後腳小便而已！手中持槍的人類之輩，在牠看來就只值得如此對待。

我不禁微微一笑。歐亞猞猁給了我這孤獨的病人最大的撫慰。我感覺充滿生氣、整個人振奮了起來，幾乎可以說是精神上的感動。

在同篇記事裡，也寫了海豹島上海狗的故事。和歐亞猞猁正好完全相反，海狗一天到晚都在拚命繁殖，島上的生物為了繁衍後代，打鬥到滿身是血。有次我在電影中，看到海狗群棲的場景。當我想起牠們用鰭一般的手腳啪嗒啪嗒彈跳的模樣，和如同病牛從遠處傳來嚎叫般的聲音，實在令我作嘔。海狗的日文是「膃肭」，和表達雌性配偶群的「harem」這個詞彙有相同的語感，都令人感到噁心至極。

看了歐亞猞猁的故事之後我深受感動，過沒幾天，就有個小傢伙不時在我家裡裡外外出沒，這讓我心情愉快。牠只不過是一隻流浪貓，然而那股倨傲的風采，卻和歐亞猞猁如出一轍。

這兩、三年来，在我家四周晃蕩的狗、貓明顯變多了。不用說，是人類的糧食問題造成的其中一個影響。有些狗、貓一出生就無家可歸，但這一陣子就連原本曾有人豢養的狗、貓也愈來愈多。牠們都萎靡不振、毫無活力，過去曾有飼主的更是特別嚴重；和貓相較之下，狗的情況更加明顯。簡單來說，愈習慣討好人類過活的，就愈悽慘落魄。牠們是為了在垃圾堆裡尋找食物而來，但人類家中，卻連垃圾堆都沒有了。即便如此，牠們還是每天耐性十足地前來，在庭院和廚房門口徘徊。再怎麼防堵，樹籬的一角還是必定會在不知不覺間被鑽出洞來。大概是盤算著出手一百次，其中總有一次能成功偷得廚房的食物吧。除此之外，牠們似乎也會在秋季裡曬曬太陽。最痛恨這些狗、貓的人是母親，因為在庭院耕作是母親的工作，而牠們會把田踩得一塌糊塗。

那段時間裡，我一天會出去庭院待上十五分鐘左右。我也不喜歡在待在庭院時看到牠們。尤其是狗，我特別討厭。之前有人飼養時，我只是經過那些狗的家門前，牠們就對我吠叫，如今竟然如此親暱地搖著尾巴接近，同時不斷對我察言觀色，一旦感受到我無聲的敵意，就會把尾巴緊緊夾進兩腿之間踉蹌逃離，接著便吃起熟透掉落後腐爛的柿子。貓不像牠們如此卑微，卻比小偷還要厚顏無恥。即使有人類在，牠們也毫不在乎，趁機偷取家中的食物；也會在榻榻米上留下腳印、在屋裡穿梭來去。有時會在坐墊上待很久，就像在回想過去，然而只要和人類對上眼就一定會逃跑。

此時，那個傢伙出現了。

沒有人知道那傢伙的過往。牠是隻體型碩大的黑色公貓，大小是一般貓咪的一倍半，一臉威嚴而凜然、尾巴短短的。看著牠離去的背影，在那短短的尾巴下方、兩腿之間有兩顆感覺硬梆梆、像某種果實那麼大的睪丸，緊實地並排，毫不鬆垮晃動，充分顯現出男性的象徵。要說缺點就只有一個，那就是毛色。牠的毛色若是純黑，或許便會是一等一的好貓。但很可惜，牠雖說是黑貓，卻是透著點灰、好像被弄髒似地不大乾淨的黑色。看著那毛色，讓人忍不住覺得，難怪會淪落為流浪貓啊。

牠對人類從不懼怕，即使和人類正面視線交會也不會逃跑。牠雖然不會進來屋內，但像是當我在二樓窗戶邊靠著椅子睡覺時，牠會來到我正上方的屋頂上，瞪我一眼後，自己也待上很長一段時間，優閒享受那裡的陽光，就像已經摸透了我的想法一樣。牠總是沉穩緩慢地行走，即使肯定是餓著肚子，卻像是在某處已經吃過一樣，也不會顯露出很渴望食物的樣子，似乎也不會去掠取廚房的食物。

「真是異常正派的傢伙哪。」我感到十分佩服。「牠從來沒偷過任何東西嗎？」

「嗯，目前還沒有。」幫傭回答。

「偶爾也餵牠吃點東西吧。」我說。我甚至心想如果事情順利，也可以養牠。

有一天，村里的人去了趟東京，回來時順便帶了鹽漬鮭魚給我們。那天晚上，已許久不曾烤過鹽漬鮭魚的廚房裡瀰漫著香味。半夜，樓下的吵鬧聲吵醒了我。母親和妻子都已起身，廚房傳來她們的聲音。不久後，妻子走上樓。

「什麼事？」

「有貓闖進廚房……」

「但門不是都關好了嗎？」

「牠是從緣廊下方推開地板進去的。」

「有偷走什麼嗎？」

「嗯，倒是沒有東西被偷，那時媽正好起床。」

「是哪隻貓？」

「不知道，但我想可能是那隻虎斑貓。」

附近晃蕩的貓很多，所以無法確定是哪一隻，但沒有一個人懷疑黑貓。

隔天晚上也出現同樣的騷動。

因此，母親和妻子決定在地板上放一大塊醃漬石。然而那天晚上，貓咪大概是用頭頂開地板侵入廚房，就連那塊醃漬石也一同推開了。母親趕過去時，牠已經不見蹤影。我開玩笑地為牠取了「深夜怪盜」等幾個名字，母親和妻子卻沒有這種心情，畢竟什麼也比不上睡眠受到極大的干擾。

話說回來，母親是第一個開始懷疑犯嫌是黑貓的。能頂開那麼大的石塊入侵並不容易，犯嫌一定孔武有力，母親深信除了那隻黑貓以外，沒有其他貓有這樣的力氣。

這確實是合理的看法。但當我看見那隻黑貓時，心中卻半信半疑。每天晚上同樣的情形一再上演，在這段期間裡，白天黑貓總會在家中附近出現，沒有半點異樣。牠全身上下沒有絲毫不同，如果夜晚的犯嫌是牠，那牠也未免太過滿不在乎、太過從容不迫了。我帶著頗有深意的眼神，始終正面望著牠，牠卻一副事不關己的樣子。

然而母親卻毫不退讓。

有天晚上，廚房傳來巨大聲響。妻子嚇得跳了起來，跑下樓去。對這道異常激烈的聲響，我也忍不住豎起耳朵。聲音一開始從廚房傳出，之後則轉移至一旁的浴室。在一片物品掉落的聲響和摔跤聲中，傳來母親和妻子的尖叫聲。

最後總算安靜了下來。

「沒事了。之後的事我來處理，你先睡吧。」

「沒問題嗎？」

「都說沒問題了。這傢伙再怎麼厲害，也掙脫不了這繩子。今晚就先這樣吧……真是折騰人啊。」

我聽見母親的笑聲。

妻子帶著略顯蒼白的臉色上樓來。

「終於抓到啦。」

「是嗎？是哪一隻？」

「果然是那隻黑貓。」

「咦？這樣啊……」

「媽把牠逼進浴室用棍子打，趁牠害怕的時候壓制住牠。費了好一番功夫呢……搞得天翻地覆的……牠的力氣很大啊。」

「是啊，那傢伙力氣真的很大……但是，是這樣啊，真的是牠做的呀……」據妻子說貓被綁在浴室裡，母親說她自己處理就好。母親的想法是覺得年輕人沒必要出手，但即使並非如此，像妻子這樣的年輕人也會感到害怕。秋季時分，到了夜晚的時段已經頗有寒意。妻子再次鑽進被窩，看起來似乎很冷。

我無法立即入睡。兇手果然是那傢伙，這讓我輾轉難眠。一方面既不會太意外，也不覺得遭到背叛。不知為何，我忍不住想痛快大笑。這或許是對牠那份膽大包天的作風感到讚嘆也說不定。說起來，那傢伙可是從頭到尾都沒有叫過一聲呢。我到現在才發覺這一點。我想像牠在我正下方的浴室裡被牢牢綑綁的模樣。母親已經去睡了，浴室裡既沒有任何叫聲，也沒有碰撞的聲響，甚至讓人覺得牠是不是已經逃走了。

隔天早上，母親把黑貓從浴室拖出來，綁在庭院內的樹木旁。

「媽，你打算怎麼做？」

「當然是弄死牠呀。年輕人不要看，別跟著我。」

我考慮著是否要請母親饒黑貓一條命。我認為牠值得我這麼做。牠毫不諂媚的孤高自恃深深吸引著我。晚上做了這麼過分的事，白天卻絲毫不表露出來，望向我的視線也毫不閃避，大膽的程度用厚臉皮都不足以形容，光是這一點，就值得為牠求饒。如果牠是人類，必定是一國一城之主，成為流浪貓是命運的捉弄。擁有髒兮兮毛色的偶然支配了牠的命運，而牠並不知道這一點。人們給牠卑微的馬屁精同伴溫暖的睡床和食物，像牠這樣的貓卻遭到人類捨棄，說是人類的恥辱也不為過。而且即使落敗，牠也絕不屈服。牠並非偷偷到廚房行竊，而是光明正大地斷然展開夜襲，用盡全力對抗戰鬥，被捉到後既不掙扎，也一聲不吭。

但我卻無法對母親說出口。在現實的生活裡，我這樣的想法，只不過是身為病人的奢侈。今年春天，我也和母親發生過小小的衝突。我租屋處的庭院裡，有柏樹、楓樹、櫻樹和芭蕉樹等幾株樹木。從春天到五月、六月左右，這些樹木長得正美，我便把病床移到看得見的位置欣賞它們。有一次，母親毫不惋惜地把這些樹的枝椏修剪到不忍卒睹的程度，有一株甚至幾乎修剪到光禿禿的。我動怒了，接著立刻在心中道歉。母親並非極不愛惜這些樹，並非不懂樹木之美，只是母親親手打造的菜園必須照射到陽光才行。母親彎著腰、拿著鋤頭施肥，就連狹窄的庭院角落也耕作成田。她只不過是一心想為生病的兒子種出新鮮蔬菜罷了。

盜取食物的貓和人類的關係，也漸漸轉變成不怎麼有趣的爭端，這一點雖然可惜，卻不得不承認。人們已經漸漸無法像以前一樣，即使東西被偷走，也只是笑笑便算了。就連受到打擾的三十分鐘睡眠時間，對她們而言也不再是從前的三十分鐘。「生病的我喜歡黑貓流浪的樣子。」這類的理由根本說不出口……再說，我想了想，「受過這樣的懲戒，那傢伙應該也學到教訓了。」這種想法實在太過天真，那傢伙肯定不會這麼老實吧。

下午，在固定的休息時間我原本不打算睡覺，卻也小睡了一下。妻子去拿配給物資，花了比預料還長的時間才回來。我一醒來，便立刻想起黑貓。母親在天氣好的日子裡通常都會翻土，今天似乎也是一整天都在庭院裡翻土。我仔細聽，還是沒有聽到庭院內有任何像是牠發出的聲響。妻子一上來二樓便對我說：

「媽好像已經處理好了。剛剛回到家，我瞄了一下芭蕉樹下，看到草蓆裹住牠，露出了一點腳尖……」

妻子的表情，就好像看到不該看的東西。

母親用的是什麼方式呢？老人的感情有時太過氾濫，有時又冷漠無情。母親應該是用老人那種毫不在乎的情緒處理的吧。即使如此，牠到了那最後一刻，是否仍然一聲也不曾鳴叫？無論如何，幸好事發時我在睡夢中、妻子外出辦事不在家……也說不定，母親是特意選在那個時間動手的。

黃昏時，母親有一小段時間不在家。而那時，芭蕉樹下用草蓆包裹的物體也不見蹤影。

隔天開始，我仍然一如往常，每天到庭院裡曬十五至二十分鐘的太陽。黑貓已經不會再出現，只有那些卑躬屈膝的傢伙慢吞吞地爬來爬去，就像我這不知何時才會痊癒的病一樣，令人感到厭倦又愚蠢。我開始比之前更加憎惡牠們了。

◎作者簡介

島木健作・しまき　けんさく

一九〇三—一九四五

小說家，本名朝倉菊雄。出生於北海道札幌。就讀東北大學法學部期間積極投身東北學連，後捨棄學業參與農民運動。一九二七年加入共產黨，隨即於隔年遭內閣檢舉入獄，於法庭中公開發表脫離共產黨宣言。一九三二年釋放後，以獄中經驗和政治理念的轉向為基礎發表〈癩〉、〈盲目〉受到文壇注目，其後圍繞歸農問題創作的〈再建〉、〈生活的探求〉深受戰時青年與知識分子推崇，一躍而成暢銷作家。晚年病弱仍不懈筆力，接連完成長篇力作〈礎〉和短篇〈赤蛙〉，於一九四五年終戰兩天後逝世。死後短篇小說〈赤蛙〉編入高中國文教科書，廣為日本人熟知。

鼠與貓

寺田寅彥｜てらだ　とらひこ

我感覺自己似乎慢慢能夠體會那些因為沒有孩子感到寂寞的人，或是能夠任意撫摸的對象已不在人世的老人，一味地疼愛貓咪，近乎溺愛的心情；也能理解有些外國人飼養烏鴉作為耕作夥伴的心情。或許對孤獨的利己主義者而言，這種動物比喜歡強人所難的人類要來得可靠得多，是生活的良伴。

一

當初在蓋現在住的房子時，我特別拜託承包商，務必留心處理，讓老鼠無法入侵天花板。對方雖然承諾會特別留意，施工期間我仍不時叮囑，以免他們忘了這件事。也有好幾次，我直接提醒師傅，但要想自己檢查天花板內部，還真是提不起勇氣。

搬進去後的幾個月都很平靜。我開心地想，總算不枉我嘮嘮叨叨地叮嚀。之前和老鼠一同生活了很長一段時間也習慣了，睡覺時天花板終於不再有老鼠的聲響，倒也讓我有點不習慣。「感覺少了些什麼。」這樣說可能太過誇張，但我想確實很孤獨的人在某些情況，對住在同一屋簷下的老鼠莫名其妙感到親近也並非不可能。

最近不知道哪來的老鼠開始入侵天花板，就像漏水一樣。一旦通道出現，之後就沒救了。

晚上因為工作等事忙到半夜時，就會聽到頭頂上傳來隱隱約約的腳步聲，或是小心翼翼啃咬物品的聲響，這就算了，如果在正要睡著的那一刻被巨響嚇醒，或是新買的書書皮慘遭啃食，就會有些怒火中燒。

我也不知道到底要歸咎於承包商或師傅，還是原有的建築方式本身就有問題。想了想，如果依照我向承包商和師傅要求的方式處理，絕大多數的房子都能杜絕鼠患才對，但實際上，幾乎沒幾個人家裡沒有老鼠，甚至有人迷信，當某戶人家家中老鼠消失無蹤，就是發生不祥之事的前兆，所以或許至少我們日本人對於天花板有老鼠這種事，也不得不接受。如果只有我一個人任性拒絕，種想法似乎太過高傲且洋化。有人說，只要每天定量提供少許餌食給老鼠，牠們就不會去咬用品和衣物。某個經濟學家曾說，再怎麼有害無益的低等人類，也同樣擁有「生存的權利」。若是如此，即使是惹人厭的老鼠，不賦予牠相同的權利，總覺得有些過意不去。但我不清楚這是真的嗎？即使是人類，真的有那樣的權利嗎？如果真的有，當雙方權益相互牴觸時，較強的動物就會去欺壓較弱的一方，這是自然而然的事實，學者再怎麼抗議似乎也沒有用。

我想，在尊重科學應用的現代，有無數種方法，能防止老鼠躲進天花板或櫥櫃裡。聽說有位學者在無時無刻都開著天花板夾層內的電燈，但我總覺得這方法即使再怎麼有效，未免也太浪費了，應該有更簡便的方法。有個狂熱的住宅建築研究者打算在天花板夾層裡坐個兩、三天，他認為只要觀察老鼠的移動，應該就能立刻找出適當的方法。學者很久以前就知道這種方法，而我們或許不曾聽聞，也或許曾聽說過，卻並未採信與實行。我想住宅建築的課程裡，應該會有關於老鼠的章節吧。

把師傅叫來找出老鼠的巢穴不只麻煩，還不知道能不能成功。最後，還是只能用最平凡的方法試圖趕走牠們。

我曾聽說滅鼠藥效果最好，但我家很多小孩，擔心有意外，便從來不曾使用。但現在孩子們已經長大許多，應該不會有問題了，於是打算嘗試看看。結果玄關的天花板掉出一大堆蛆來。我找來鎮上的清潔工幫忙爬上天花板夾層清理，在此之前，實在是感覺很不舒服。從此以後，我再也不打算用老鼠藥了。聽說吃下老鼠藥的人會吐出白煙，那老鼠應該也是一樣。老鼠在屋頂裡的暗處，從嘴裡吐出燐光閃閃的煙霧，這個畫面光想像就覺得噁心。

我也買過好幾個木板上裝設鐵彈簧的捕鼠器回家設置陷阱。一開始有段時期經常抓到小隻的幼鼠。捕鼠器的設計相當粗糙，因此用不了幾次就會變得很難用。細心調整，使它維持器械該有的靈敏度，這項工作再怎麼樣也難以寄望於那些腦袋不靈光的女傭。我對做出這種粗製濫造器械的人，還有毫不在乎地使用的人，都很想表達我的不滿。

有時我有會用那種以金屬網製成的長方形盒狀物，但那種也是只要捕到老鼠一次就會殘留臭味，之後就幾乎不會有老鼠上鉤了。即使偶爾有老鼠中計被抓，多半也都是傻楞楞的幼鼠，換作是狡詐的成鼠，不論是怎樣的陷阱都不會受騙。即使是小小的老鼠，也會隨著時代進步而變得更加精明，想要永遠用同一款舊式捕鼠器捕獲牠們八成是不可能了。

相較於此，更讓我頭痛的是家裡只有我一個人積極想趕走老鼠。有幾次，我費心設置的捕鼠籠開口被推到牆邊，老鼠再怎麼想進也進不去；有時則是籠門早已關上，就這樣擺在廚房角落沒有人處理，好幾天後我才發現，讓我十分洩氣。到了這個地步我不得不想，再怎麼樣還是找隻天生就會抓老鼠的貓效果最好。

老鼠一天比一天更加猖獗，就連白天也會看到牠們在飯廳到處亂竄。有天傍晚，我正在二樓工作，突然聽到樓下傳來激烈的碰撞聲和一陣喧嚷聲。我下樓查看，發現兩個女傭正揮舞掃把，把兩隻老鼠追趕進玄關一坪半大小的空間裡。最後終於用掃把逮到其中一隻，我便用火鉗把牠稍微拖出來，再用麻繩緊緊勒住脖子。我勒得很緊，老鼠很快就死了。看到牠斷氣之前痛苦不已的週期性痙攣，我的腦中突然浮現出最近讀到的文章裡，死刑犯最後的模樣。

另一隻老鼠則消失無蹤，不知道躲到哪裡去了。玄關沒有擺放什麼物品，應該沒有什麼孔隙讓老鼠逃進去。謹慎起見，還是用蠟燭照了照連接柱子的長橫樑內側，並用火鉗戳了戳，但果然還是沒有找到。只有某處牆壁缺了一角，看起來似乎有形成凹洞，但光照不太到，所以也沒辦法看清楚。即使那是個凹洞，也無法確定老鼠是否能鑽過那個洞逃跑。我心想，會不會是溜進誰的和服袖裡了，但查看過後當然是沒有。我心裡有些不可思議的感覺，也覺得我們這些體型龐大的人類遭到這嬌小動物的玩弄。這時如果採用百分之百科學的方法，以明確的理論找尋老鼠的蹤跡，這不值一提的謎團多半就會立刻解開，但也會變得有些無聊，因此便以假設的「長橫樑內側的凹洞」，「說明」眼前這個和明確的物理法則相互矛盾的事實，藉此矇混過去。即使從科學的角度來看，原本就會有和此類似的情況。把陽光下的矛盾，硬塞到黑暗的孔中，讓自己心安理得，這種事也並非未曾發生發生過。如果不能這麼做，許多學者都無法高枕安睡了。對於人生的問題如果無法漠然以對，這些人對於老鼠藥的另類需求或許會大得多。

這場紛擾平靜下來才過了十幾、二十分鐘，這次換成廚房展開第二場騷動。不知道是人類尖叫還是動物鳴叫的噁心聲響，夾雜孩子們的吵鬧聲傳入耳中。我前往查看到底發生了什麼事，結果看到年紀尚輕的女傭站在飯廳正中央，張大嘴巴發出奇妙的怪聲，身體還一邊扭來扭去。其他人遠遠地圍在周圍，她則在口中唸唸有詞。

一問之下，原來是老鼠鑽進後背了。問女傭老鼠到底跑到和服裡還是短外褂裡，她只是一直發出無意義的聲音，讓我們搞不清楚狀況。只要老鼠一動，她就會發出怪異的叫聲，不斷晃動身體。我稍微把短外褂的下襬緩緩地往上提，就看到可愛的幼鼠伸長手腳，緊緊抓住短外褂內側，就像牢牢黏貼著一樣。我大力甩了一下短外褂，牠就咚地掉到榻榻米上。正當牠準備逃跑時，我迅速用坐墊將牠壓倒在地，之後再用對付第一隻老鼠的方法解決牠。目睹這個可愛的小動物生命歷程最後的波動，感受實在不太愉快。上一刻還活得好好的「生命」就這樣突然消逝了。讓我也萌生這樣的想法——死亡這種極為平凡，且極難理解的現象，反而是發生在這種大小的小動物身上，才能稍微單純地去思考。人類的死或家畜的死有許許多多的前奏。就像只有跋卻沒有本文，實在令人難以想像。

孩子們也一動不動，一臉認真地在一旁圍觀。不知道看在教育家眼裡，這種情景烙印在年幼的孩子心中，會造成哪些好與壞的影響呢？我想多半會認為這樣不太好。這或許也要視乎孩子原本的特質，以及事情的來龍去脈，但考量到實際面，還是先和孩子約定好，終結動物生命都是殘忍且不應該做的事，會比較單純而安全。雖然如此，但在能夠無動於衷地觀看這樣震撼的畫面之前，如果刻意避免直視，又會有怎樣的結果呢？

有人告訴我，我勒死老鼠時的表情和平時有天壤之別，聽到時我有些意外。他還用鉛筆畫給我看，說：「就是這種表情。」

事後，我詢問女傭，原來玄關的騷動結束後，她回到房間坐著時，不知為何感覺到背部似乎愈來愈溫暖。她覺得不太對勁，似乎某種有重量的東西正動來動去時，這才發現有老鼠，於是一個箭步衝進飯廳，開始發出奇怪的聲音。

俗話說窮鳥入懷、窮鼠齧貓，被逼到絕境的老鼠緊貼在追牠的人的短外褂裡，卻是前所未聞。但事後想想，完全密閉的一坪半空間，一隻老鼠實在沒道理消失無蹤。在那之後，我們也沒有去確認那個假設的長橫樑凹洞是否存在，我想八成不是真的有凹洞，即使有，也沒有通到另一頭去，這一點，只要稍微從屋子的構造加以思考就能立刻想通了，因此，老鼠躲在某人的衣服下，這一點從一開始就明顯是理所當然的事。

即使如此，牢牢依附在短外褂裡，和人類背靠背地吊掛著，並維持這樣的姿勢，動也不敢動，不知道老鼠抱持著怎樣的心情呢？是極度恐懼，導致一部分神經麻痺而呈現假死狀態，或是出自於本能的智慧才這麼做呢？說不定後者和前者都代表了相同的狀況。

經歷了這樣一場騷動後，這群鼠輩並沒有停止搗蛋。大得嚇人的成鼠簡直就像在愚弄我們這些智慧有限的人類似地，隨心所欲、橫行霸道地做牠們想做的事。

二

應該是時序正由春天轉入夏天之時。有天，孩子發現流浪貓在客廳緣廊下生了小貓，便跑來告訴我。對這一帶廚房形成威脅的大黑貓，在緣廊下塞滿了竹枝與木材的深處養育著兩隻小貓。一隻是有黑、白、褐三色的三花貓，另一隻則是有白、褐、灰褐三色的三花雉貓。

在我家孩子單調的生活裡，這似乎是相當重大的事件，他們不時會對我說貓媽媽和小貓的各種動靜。

從我懂事以來，我們家就不曾養過貓。首先，我母親對於所有名為貓的生物都很厭惡。我的親戚家中也一樣，有些有養狗，卻從來不曾看過有誰養貓。甚至只要看到貓，就非得拿手邊的物品丟向貓咪。之前家中的傭人曾小心謹慎地用割繩鐮刀製作陷阱，設置在樹籬的開口，絞殺好幾隻野貓；還有個外甥揮舞著代代相傳的槍矛蹲在暗處，說要攻擊貓咪。只不過當他聽到貓叫聲的同時就丟下槍矛，躲進裡面的房間就是了。

由於這些原因，對貓這種動物沒什麼興趣的我，就連去緣廊下偷看一眼也未曾去過。

不久後，小貓漸漸長大，開始經常出現在庭院的草地上。有時也會看到剛長出新芽的草地上，伸長了腳橫躺在杜鵑花叢陰影中的母貓正在逗弄兩隻小貓，但每當有人靠近的腳步聲傳至走廊，母貓就會急急忙忙把小貓趕進緣廊下，而小貓也幾乎會在同一刻躲藏起來。貓小偷的孩子果然也會被教成貓小偷啊。

有天，妻子不知道怎麼能抓到那隻小隻的三花雉貓，並把牠帶進客廳來。小貓全身包裹在白色圍裙裡，只有頭露了出來。妻子把牠放在腿上，搔著牠的下巴。貓咪已然放棄，也不怎麼掙扎了，但才讓前腳露出來，牠就扭扭頭，蠢蠢欲動地想要逃跑。年幼的孩子們想要養這隻小貓，但我就只是敷衍帶過。當時我只覺得，我們家是絕對不可能養貓的。

之後過了兩、三天，妻子又抓了另一隻三花貓進來。但是和之前的三花雉貓相比，這隻小貓勇敢和倔強的程度相當驚人。整隻包在圍裙裡的牠激烈反抗，腳稍微一露出來就又抓又咬。在庭院裡玩耍時，這隻三花貓比起三花雉貓也是敏捷、活潑許多。原來小貓也一樣，兄弟姊妹之間個性也會各有差別呀，我難得對貓咪的事感到有趣。我還傻傻地以為貓咪即使每隻花色各有不同，本性都是一樣的。感覺在動物之中，貓在我心中的地位稍微提升了一些。

不只是孩子，這次連妻子也開口說想馴養這隻三花貓，但我還是無法接受。然而我心中對這隻倔強又勇敢的小貓，開始萌生之前從未有過的些許親暱或疼愛的感覺。雖然就只有那麼一點點而已，但貓咪在我心裡的印象，已經開始擬人化了。

那次之後，貓媽媽和小貓愈來愈害怕人類的一舉一動，而孩子們卻反倒對貓咪更有興趣了。有時吃完晚餐後，孩子會如同伏兵一般埋伏在庭院各個角落，到處追逐不小心出來溜達的小貓，但就連大人也已經不太能捉到牠們了。或許是對於一次比一次更激烈的迫害感到害怕，又或是小貓已經長大獨立，母貓已經完全捨棄緣廊下的產房，把巢穴移到某處了。然而，有時仍會在一旁離屋的雨遮上看到貓咪母子的身影。每次見到小貓，似乎總比之前更長大了一些。並且已儼然成為出類拔萃的貓小偷，展現出小心謹慎且機伶敏捷的特質。

這段期間，老鼠仍然持續搗蛋。我們甚至發現老鼠把二樓櫃子的拉門咬破、還把準備留給來訪賓客用的頂級寢具咬了個大洞。連幼鼠也已經捕捉不到的捕鼠器維持籠口闔上的狀態，丟在廚房的櫥櫃上，掛在鐵鉤上的甜不辣已經有如風乾的仙貝般捲曲變形了。

三

這是六月中旬的事。有天我正在工作時，孩子來找我，說認養的貓來了，要我去看看。我跟過去看，是一隻已經不算年幼的三花貓。一大群人圍成一圈，帶著滿滿好奇圍觀這新來的同居小傢伙的一舉一動。我對貓絲毫不了解，牠的一切對我來說都相當稀奇。妻子把貓咪抱起來，搔弄下巴和耳朵周圍，這時牠的胸口一帶發出類似液體沸騰的聲響。貓會從喉嚨發出呼嚕呼嚕聲，這我從書上和他人口中多少都曾聽聞過，但卻是已經四十幾歲的如今才親身經歷。「這麼做代表牠們很愉悅。」這對剛開始養貓的我而言，總覺得難以理解。「這隻貓是不是肺還是哪裡有問題啊？」話一說出口，我就遭到猛烈嘲笑。實際上我現在還是搞不清楚，牠到底是從喉嚨發聲，還是從肺部發聲。一個部位振動，力量會傳遞至整個胸腔，只要觸碰看看就能清楚感覺到。腹腔感受到的振動則弱得多，幾乎感覺不到。我想這是因為這股振動傳遞至堅硬的肋骨，因此連外側也感覺得到。然而我很好奇發出這種聲音的原理，以及其生理上的意義。我在中校教授動物學，也在雜誌或書上讀過鳥和蟲會發出的聲音，卻還沒有機會了解貓的呼嚕聲。這完全並非是由於現代教育有缺陷，只不過是我自己沒常識罷了。聽說有些小學老師會誤以為民主主義（democracy）是醫治神經衰弱的藥、血漿腎素（renin）則是毒藥名，但我的狀況或許更誇張。然而，真的了解血漿腎素、民主主義和貓咪呼嚕聲的人應該出乎意料地少吧？總之，我想這種呼嚕聲和人類等動物預設對食慾的滿足而從喉嚨發出的雜音，在本質上應該也有所差異。

在我聽來，這種聲響會讓我聯想到許多聲音。例如潛入海中時聽到海浪拍打下沙粒互相摩擦的聲音，也會讓我想起從火山口深處傳來的鍋中液體沸騰聲。如果獅子和老虎也會發出相同的呼嚕聲，那這種聲音似乎就更加不可思議了，我也很想聽聽看。

一把三花貓放到榻榻米上，就會馬上把上面的紙片拿來玩。牠的舉動看起來無比輕快又優雅。我想人類的小孩再怎麼樣，也無法將自己的身體擺弄得如此優雅。至於英國一帶的貴族我就不清楚了。

然而牠的一舉一動仍然稚氣十足，和人類小孩的孩子氣在某些難以名狀的地方明顯相似。

和流浪貓的孩子相較之下，兩者形成鮮明的對照。在呱呱落地的那一刻起，就必須將人類視為敵人，這是上天賦予流浪貓的命運；而這隻三花貓則是打從一開始，就對人類的善意抱持絕對的信任。被帶到沒見過的陌生人家中，由這些人收養，三花貓毫不懷疑地相信這就是牠的家，且沒有絲毫懼怕。無論受到如何粗暴的對待，也會將之視為善意，全盤接受。

話說回來，我記得自己應該沒答應過讓妻兒在家中養貓。他們向我商量過好幾次，說想認養小貓，但我應該還沒有正面答應才對。然而當我望著眼前這美麗又稚氣十足的小動物，這種問題自然也不成問題了。

原本家中大多數人都想養小貓，這份期望經過女傭轉述，傳到經常往來的雜貨店老闆耳裡時，似乎變成積極的要求，於是雜貨店老闆便突然和飼主家的女傭一同帶了小貓前來。聽說小貓跑進廚房後，就被帶到裡面的房間去，但牠又立刻又跑到廚房去，緊跟在帶牠來的人身後，家人便提議先用繩子綁住，但帶牠來的人說這樣太可憐了，請求家人不要這麼做，於是便打消這個念頭。聽說對方還拜託我們晚上讓小貓睡在懷裡。大概是因為我來看牠時，牠早已到了好一段時間，因此已經相當習慣這裡了。

牠在原本的飼主家中，似乎備受疼愛。食物也是餵食相當稀有的食品。例如牛奶、魚肉，而且牠只吃優質部位，堅硬的頭骨等絕不會放進口中。有人覺得這貓未免也太奢侈了，也有人稱讚牠品味高雅。不只如此，牠也絕不會覬覦飯桌上的菜餚。

孩子們似乎一天比一天更疼愛貓咪。放學一回到家，放下肩上的書包之前就先問：「貓咪呢？」「三毛呢？」。我總覺得孩子們的生活，開始注入一股新的情趣。有好幾次，年幼的兩姊妹搶著要抱小貓，吵著說：「讓我抱一下會怎樣嘛！」或是：「一下下都不讓我抱！」吵到即便我在有點距離的房間裡也能聽到。最後一定會有一方哭出來。孩子們為這種事傷心，這不禁讓我感到害怕。

貓咪也很可憐，能安心睡覺的時間，就只有孩子們去上學的期間。過沒多久學校一放假，小貓就整天不得安寧了。年紀較長的孩子見到年幼的孩子把三毛當成玩具，覺得三毛可憐，便會要他們把三毛放下，但過沒多久自己就會去逗弄牠。我心想，三毛大可以逃到緣廊下等地方躲起來，但牠卻百依百順，即使無奈卻毫不抵抗，任由孩子逗弄，我總覺得有些殘忍。實際上牠也愈來愈瘦，和剛來時相比，瘦長到幾乎快不認得了。走起路來也腳步不穩、坐著時身體也搖搖晃晃，而且還會像人類一樣打瞌睡。貓會打瞌睡，這個事實讓我感到相當稀奇。像是什麼天大的發現一樣說給別人聽，早就知道這件事的人都取笑我；即使對方正巧不知道，似乎也都不覺得這個事實很有趣。我卻覺得仔細端詳從貓咪這個舉動映照出的人類姿態，讓我產生一種混合了滑稽與悲哀的奇妙情緒。

如果維持目前的狀態，小貓應該會死掉。牠有時甚至會把吃下去的食物吐出來，弄髒我們幫牠鋪好的窩。晚上則疲憊不堪，陷入毫無意識的沉睡，似乎不曾被外在的聲響吵醒。然而不可思議的是，不知不覺間老鼠已經不再猖獗。偶爾聽到廚房碗盤的碰撞聲，三毛也毫無反應地沉睡。想來這孩子從未見過老鼠這種生物，因此本能尚未甦醒吧。

我不斷在孩子面前威脅說，如果你們太過分，我就要把牠送到別人家，或還給原飼主了。最後和原飼主商量，讓牠回去靜養幾天。

小貓不在，感覺家裡頓時冷清了起來。正好這段日子雨又下個不停，孩子們便罕見地安靜。

平時三毛總會在晚上孩子們熟睡後來到書房，有時往往連腳步聲也沒有。牠會從書桌下偷偷玩我的腳，我一將牠抱到腿上，牠便會發出慣常的呼嚕聲。但那天晚上三毛根本不在家中，不可能來找我。工作完成後，我抽著菸，聽著靜靜滴落的雨聲時，突然浮現出奇妙的想像。我腦中勾勒出三毛真的被丟掉，在這樣的雨夜裡全身濕透地走著，不知該何去何從。飢寒交迫之下牠渾身發抖，一邊在某處的垃圾桶四周徘徊。接著大概會眷戀從某戶人家的雨戶[1]外洩的燈光，發出哀悽的鳴叫聲。

隔天傍晚家人去接三毛，帶牠回家，才兩天不見，牠就胖得我快認不出來了。原本尖瘦的臉脹得圓滾滾之後，眼睛看起來突然變得又細又長。眼睛周圍多得誇張的皺褶消失，表情變得沉穩許多。真想知道那戶人家到底對牠多麼寵愛。也有人認為，可能是因為牠喝了貓媽媽的奶才變得如此圓潤。

譯註｜1｜日式建築中用來防風、防盜或遮蔽的裝置，裝設於窗戶或對外的門上。

夏天日漸炎熱，每到傍晚全家人就會走出庭院來，三毛也一定會跟來。以往流浪貓會把杜鵑樹叢根部稍微內凹的地方當成玩耍的基地，不知為何每隻貓咪似乎都很中意，追著球到處亂跑時，一定會跑進去那裡，像是約好的一樣。接著便擺出鎖定獵物的猛獸般的姿勢，躡手躡腳地走出來，在即將飛撲出去之前激烈地左右擺動腰部；有時也會在山白竹叢裡躲藏好一陣子，又突然像鯉魚逆流而躍一樣高高跳起，接著露出一臉傻楞楞的表情；有時則會將四隻腳往兩側攤開，讓腹部緊貼著草地，就像飛鼠正在滑翔的模樣。我們猜想，牠可能是想讓腹部降溫。

我除草時，三毛會悄無聲息地靠近，突然撲向剪刀刀尖，十分危險，大家都拿牠沒辦法。一面留意一面除草時，還是經常會聽到孩子提醒我，三毛正準備要撲過來。貓咪對於這除草剪刀的好奇心持續了一段很長的期間，即便對線頭和球已經失去興趣後，只要看到我拿著剪刀走到庭院，三毛就會立刻跟過來。有時當我蹲下，牠就會悄悄從溜到我的腰下，從雙腿間探出頭來。接著只要稍微碰幾下剪刀就心滿意足似地慢吞吞走到另一邊，在茂密的八角金盤下撲蝶或逗弄蟾蜍。

三毛對陣蟾蜍，最一開始好像失敗了。大概是咬住蟾蜍之後受到攻擊，只見三毛嘴裡噗嚕噗嚕地流下白色唾液的同時，一邊用兩隻前腳像要把自己的嘴巴扯下來一樣，看起來非常痛苦，那動作和蟾蜍舔菸時的舉動十分相似。那次之後，三毛再也不會用嘴碰牠，只是用前腳輕輕壓制蟾蜍的頭，或從側邊輕輕推一推肚子後歪著頭觀察。憨直的蟾蜍每次被碰，都會緊張得全身僵硬，並且把身體脹大。醜醜的土色身體看起來就像氣憤難耐的肉塊。看似對自己的優越有絕對自信的小貓不時東張西望，一邊有一下沒一下地伸手逗弄。

有件事讓我很困擾——三毛不知道從什麼時候開始，養成捉蜥蜴來吃的習慣。剛開始，牠一定會把捉到的蜥蜴叼到榻榻米上面來，吃掉之前先玩弄一番。有時捉到體型較大的蜥蜴，只會把尾巴叼過來。和身體分離的尾巴就像擁有獨自的生命般抖動。只要我一發現，就會把貓緊緊抓住，硬是把蜥蜴從牠嘴裡扯出來，丟到貓再也找不到的地方去。辛苦捕捉到獵物的三毛便會在榻榻米上邊走邊聞。貓咪根本搞不懂，為何不能抓蜥蜴吃。我自己也無法解釋，為什麼不可以。因此後來三毛似乎便不再特地把蜥蜴叼到榻榻米上，而是發明在捕捉到的現場立刻吃掉的方法。有時看到吃完蜥蜴後邊舔嘴巴邊走上緣廊的三毛，總覺得有些噁心。或許是因為覺得牠吃著我們的一部分食物，屬於家中的一名成員，因此牠吃了蜥蜴，就像是褻瀆了其他家人的整體膳食。這隻四腳獸在我們心裡，已經人格化到這種程度了。

每當深夜我獨自工作時，就會聽到長長的緣廊由遠而近的輕巧腳步聲，接著三毛就會鑽到椅子底下，輕舔我的腳，這時我就會不經意脫口而出：「怎麼啦？」或是「什麼事啊？」這絕不是我自言自語，三毛總能很機靈地理解我說的話，我將牠當成說話的對象才會開口。當這個對象怎麼也不回話時，只要把牠抱起來，就會立刻開始出聲叫喊。我感覺自己似乎慢慢能夠體會那些因為沒有孩子感到寂寞的人，或是能夠任意撫摸的對象已不在人世的老人，一味地疼愛貓咪，近乎溺愛的心情；也能理解有些外國人飼養烏鴉作為耕作夥伴的心情。或許對孤獨的利己主義者而言，這種動物比喜歡強人所難的人類要來得可靠得多，是生活的良伴。

不可思議的是，極度厭惡貓咪的母親不僅不會把偶爾爬到腿上的小貓趕走，小貓把母親住的孝親房拉門抓破時，她似乎也不以為意。

四

三毛來到我們家至今最能激發牠好奇心的，大概就是蚊帳了。不知為何，牠一看到蚊帳就會莫名興奮。特別是有人在蚊帳裡、三毛在蚊帳外時就會更加激動。牠會把背高高拱起、耳朵壓低、露出嚇人的表情，接著就以豁出性命般的氣勢飛撲過來，並全身依偎上去。蚊帳那種既柔軟又強韌的抗力對貓咪而言大概很奇妙吧。蚊帳的一角拖在地上形成袋狀，將三毛的身體包裹起來。這以貓咪來說實在很不可思議，再怎麼看都和一般的玩耍方式不同。三毛玩得十分認真，有時也讓我感覺牠很了不起。順從的特質消失無蹤，野獸的本性表露無遺。

也許是蚊帳本身或透過蚊帳看到的人影，看在貓咪眼中就像是什麼駭人的怪物，又或者是蚊帳中的一抹青光，喚醒在森林裡的月光下走動著尋找獵物的遠古祖先流傳下來的本能？我甚至有種想法——如果有各種不同顏色的蚊帳，真想拿來實驗看看。

三毛玩的物品中有一項很有趣，那就是用來製作和服腰帶的布料捲製而成的布棍。用前腳讓布棍滾動，這沒什麼特別，但三毛會用兩隻前腳抱住布棍的一頭，再用後腳巧妙地站上去。布棍一倒牠就會跳過去，看也不看一眼，一臉毫不在乎慢吞吞地走了三、四尺後端莊坐好。牠會這樣重覆好幾次，對於牠心裡的想法，我完全猜不透。

二樓放了一張藤椅。四隻椅腳以斜線交叉連結的十字形正中央，形成接近層架的空間。這裡是三毛喜愛的玩耍基地之一。牠會先把小紙片之類的東西丟下去，再從凌亂交錯的藤條縫隙中伸出前腳抓那些紙片。如果滾了下去，就會仰躺在地，這時便會從下方往縫隙中把腳輪流伸進去。

我們無法理解這樣的遊戲有什麼意義，想來也許是下意識地鍛鍊自己，習慣那項自己尚未發覺的未來使命吧。

回去原來的家兩天養好身體的三毛，不知從何時開始又消瘦下來，肩胛骨變得高聳、側臉變得尖瘦、眼睛則變大了。看起來實在很可憐，於是有人提議再養另一隻，分擔三毛過重的壓力，家中很多人都贊成。

有天黃昏，我走出庭院，聽到廚房非常熱鬧。在女性和孩子們的笑聲中，還夾雜著陌生的男性笑聲。「好乖的貓咪呀。」我清楚聽到妻子這麼說。她說到「乖」這個字時，帶著奇妙的聲調。原來是經常往來的牛奶店老闆帶了不知道從哪裡認養的小虎斑貓過來。

那是一隻真的還很幼小、能「一手掌握」的小貓。有如長胎毛般不帶光澤的毛髮，在背上蓬亂生長。牠的長相也很奇妙。額頭突出，短短的臉像是整個壓扁了一樣。還有一對又大又長、不符合比例的耳朵，配上這樣的臉，更突顯出牠奇特的表情。不知為何脹大得讓人看了不太舒服的腹部兩側，約小指粗細的後腳像伸縮棒一樣往外撐，不禁讓我想起用芒穗製作的貓頭鷹。

三毛目不轉睛地看著這新來的同伴，明顯表現出驚訝、疑惑與不安的樣子。小小貓似乎把三毛誤認為自己的爸媽，看似親暱地踩著小小的步伐接近後，抬起一隻前腳想觸碰牠。三毛一副被毒蟲碰到的樣子，大驚失色地往後退。小貓緊緊追著三毛，再次抬起一隻腳。這個情景實在太逗趣了，看到大家捧腹爆笑，我也受到感染，好一陣子沒有像這樣哈哈大笑了。

稍微習慣之後，換三毛採取攻勢，開始襲擊。牠突然飛撲出去，一下頭、一下腳地緊咬不放，再用後腳猛踢，簡直就像是老鷹對小雞之戰。小小貓無力反抗，似乎要逃跑，卻遲遲沒有行動。牠不時發出小鳥的吱吱聲，但又不服輸地咬住三毛踢牠。三毛一鬆口，小小貓就立刻轉向三毛，維持坐姿、短短的尾巴在空中畫出8字形，等著三毛朝牠發動攻勢。有時小小貓會鑽進衣櫃和拉門之間，三毛無法整隻貓鑽進去，便發狂似地把前腳伸進去騷擾牠。這時小小貓便一派輕鬆地從另一頭走出來，接著又同樣用短短的尾巴，像笨拙的指揮一樣畫出各種8字形。

有人提議將小小貓取名為小不點，但有人說最好不要把這種家畜的名字取得太優雅，我們便打消這個念頭，隨便取了小玉的名字。也有人認為把公貓取名為小玉很奇怪，於是便決定叫牠玉吉或玉助。

日子一天天過去，兩隻貓的性情愈來愈天差地遠。三毛對食物幾乎沒什麼興趣，相當優雅，如同貴族一般，相對地，小玉則明顯像個庶民，旺盛的食慾和體型不成比例。即使是三毛不屑一顧的魚骨和魚頭，小玉也欣喜若狂地吃掉。還有，只要有人碰牠，牠就會豎起背上的毛，並發出嚇人的低鳴。那陣嗚嗚的叫聲實在氣勢懾人，無法想像是這麼小的幼貓發出來的。除此之外，小玉還會將兩隻前腳的腳趾盡可能撐開，牢牢壓住身旁的食物，試圖盡數佔為己有。從這個角度來看，牠是個大財主。被推開的三毛似乎嚇呆了，退開一段距離，眼睛直盯著小玉。如果給小玉一片含血量高的鯖魚血合肉，在牠正要把肉叼走時，即使沒有人碰牠，也會像之前一樣發出低鳴，同時準備迅速逃離現場，這種特質實在很難不讓人聯想到貓小偷。不只如此，這隻貓還會隨處大小便。幾乎每晚都會把坐墊或寢具的一角弄髒。打理廚房的人必須為牠闖的禍處理善後，很快就出現不歡迎小玉的聲音。而其他人對於小玉吃東西時的舉動都難免感到不舒服。再加上看到乖巧的三毛食物被小玉搶走，這種心情就更強烈。

也有人認為帶小玉來的牛奶店老闆應該負責。似乎所有人都希望把小玉還給牛奶店老闆，讓他帶一隻更乖的貓來。不只如此，甚至已經找到人選，前來徵詢我的同意。

然而，當牛奶店老闆真的要把小玉帶回原來的家時，我心想未來把牠轉交給新飼主，最後大概也躲不掉成為流浪貓的命運，明知如此還眼睜睜看著牠被帶走，實在於心不忍。我心想，隨處大小便的習慣只要稍微留意，讓牠養成習慣應該就能改掉了。因此，我先在紙箱裡放入法蘭絨的舊布條當作牠的床，再把土放進點心紙盒裡，和紙箱並排放在浴室的更衣區。我在上床睡覺前，找到有時會睡在蚊帳一角上的小玉，把牠抓到浴室的床裡。毫不知情的小貓果然像一般貓咪一樣從喉嚨發出呼嚕呼嚕聲。聞了聞土的氣味後，就一次解決了大小便。我把浴室門整個關上並關了燈，在一片黑暗中，還要好久才會天亮。這段時間不知道裡面的狀況如何，但當玻璃窗外天色漸漸亮起來時，小玉把浴室門抓得沙沙作響，發出之前那種小鳥般的叫聲，聽起來就像是要我快點放牠出來。走過去把牠放出來後，牠便會急忙往外衝，下一秒又跑進原本的位置，接著像隻小狗一樣繞著人腳邊轉圈奔跑。這樣的狀況重複了十幾天後，我試著把那個當成床用的紙箱和便器拿出來，放在三毛出入的開口旁，並把小玉帶過去好幾次，讓牠聞聞土的氣味。隔天早上，我仔細檢查棉被和榻榻米，都沒發現有任何地方被弄髒。大概是在三毛的引導下，學會從開口出入了。在那之後，我也曾經見到小玉在天亮時從洞裡爬上來。

小玉異常旺盛的食慾稍微減弱，漸漸不再那樣狼吞虎嚥。脹大得有點噁心的肚子不再那麼凸出之後，瘦下來的腰到後腳看起來莫名寒酸，但總算是慢慢變成貓應該有的樣子了。並且漸漸不知從何散發出家貓般落落大方的氣質，以及少爺般優雅惹人疼愛的舉止。

放完暑假，學校開學後，貓咪的身體總算可以受到少一點騷擾了。上午三毛和小玉會在通風的櫥櫃隔層等處四隻腳盡情地伸長地午睡。有時當一隻正酣睡時，另一隻就會不斷舔舐對方。到了傍晚，兩隻就會跑到庭院，在草地上大玩相撲。因為白天能好好睡覺，晚上兩隻經常在緣廊吵鬧。這讓我有些困擾，但倒不生氣。廚房傳出瓷器的碰撞聲時，我前往查看，有時會看到兩隻從忘了關上門的茶具櫃上下的層架露出裝傻的表情探頭窺看。

老鼠始終沒有捉到，但也不再搗蛋，天花板一片寧靜。

直到現在，在緣廊下出生的流浪貓之子三毛還是經常會出現在隔壁房子的雨遮上。雖然是隻美貓，卻總覺得牠一臉凶惡，或許是我的錯覺吧。我們家這膽小的三毛一看到流浪貓就會急忙跑回家來，小玉則是毫不在意，有時甚至還有人說看到牠和流浪貓一起玩。我有時會敲敲牠的頭說：「不可以變成不良少年喲。」但貓咪應該不知道為什麼被敲頭吧。

我們家的貓咪歷史由此展開。我希望能從此刻開始，儘可能忠實地記錄貓咪的生活。

這個時節的秋夜月色皎潔、微風徐徐，院子裡有塊樹根頭正好可當作緣廊的台階，三毛和小玉就在上面把被拱成圓形，並肩端正坐好，望向月光灑落、一片寂靜的庭院。我動也不動地看著這番情景，不禁深深感受到一股幽寂。進而有種想法——牠們和一般貓咪不同，來自於人心無法理解的另一個世界。我想，面對其他家畜時，多半不會萌生這樣的想法吧。

◎作者簡介

寺田寅彥・てらだ　とらひこ

一八七八－一九三五

物理學者、隨筆作家。出生於東京市麴町區，高中就讀於熊本第五高等學校，深受當時的英語教師夏目漱石、物理學教師田丸卓郎影響，立志於文學與科學二領域之創作與發展。大學就讀東京帝國大學理科大學，畢業後擔任理科大學教職，擅於分析尋常可見的物理現象，例如金平糖的角度研究，後世稱之為「寺田物理學」。熱中於隨筆與俳句創作，發展出科學與文學融合的獨特文體，風格剔透巧妙，於文壇占有一席之地。夏目漱石所著《我是貓》中的水島寒月、《三四郎》中的野野宮宗八都是以他為原型創作。

小貓

寺田寅彦｜てらだ　とらひこ

仔細想想，醫師留下不會說話的家畜並施予治療，這個職業感覺相當神聖。動物對於住院期間受到的對待既無法判斷，也不會記得，加上回家後也不會對人類說什麼，對這樣的病患施予誠實親切的治療，這雖然是理所應當，卻也讓人感覺是件美好的事。

我們家從來不曾有貓，去年夏天，第一次由於一個偶然的機會，一下來了兩隻貓，牠們的存在開始在我們家的日常生活中，留下鮮明的印記。不只是孩子有了撫摸和逗弄的對象，對我本身的內在生活，也彷彿投射了一絲微光。

首先讓我驚訝的，是這樣的小動物性情中明顯呈現出來的個性差異。而不會說話的毛獸和人類之間可能產生的情緒反應，細微的程度讓我再度感到訝異。就這樣，不知不覺間這兩隻貓在我的眼前人格化，被視為我們家中的一員。

兩隻貓中，母的叫「三毛」、公的叫「小玉」。三毛在去年春天出生、小玉則晚兩、三個月出生。送到我們家時，牠們還是相當幼小的小貓，卻在短短的日子裡，便成為稱職的貓爸爸、貓媽媽。孩子們希望牠們永遠停留在幼貓的模樣，牠們卻事與願違地漸漸長大。

正因為三毛比較敏感，只要有什麼讓牠不高興，就會任性妄為。而牠的一舉一動，都不經意流露出優雅的氣質。牠或許是最明顯具備所有貓族特性的貓，可以說是最具有貓咪特質的貓咪中，最具有母貓特質的母貓。實際上牠也經常抓來老鼠。家裡老早就沒有老鼠的蹤跡，牠卻不知道從哪裡叼來各種大小的老鼠。但也不一定會吃掉，有時也會直接丟掉，我們便會偷偷處理掉，不讓小玉看到；有時則是由我們人類用繩子綁起來交給警察[1]。和生存迫切相關的本能展現出來的樣子，就連在貓咪身上也已經形成明顯差異，也就是演變成一種「遊戲」，我認為這一點很值得留意。

小玉則和三毛相反，相當遲鈍，不僅溫和呆傻，舉動也有些笨拙魯鈍，有時甚至會讓人聯想到狗狗的某些特質。一來到家裡就亂大小便、十分貪吃，總是大口吃個不停，在家中的女性成員間評價特別差。因此如果有什麼好吃的部位自然會給三毛，剩下比較沒營養的就分給小玉。然而，不可思議的是，這粗魯的小玉對食物的興趣一如往常地愈來愈濃

譯注｜1｜日本較早期鼠患嚴重，為了預防老鼠傳播黑死病，只要抓到老鼠交到警察局就能領到錢。

厚，同時讓人覺得丟臉的驚人食慾也漸漸變得正常。許多舉動也開始變得沉穩，即使如此，天生的笨拙卻也不是能夠輕易抹去的。像是穿過拉門的開口時也是一樣，三毛就不會讓身體的任何部位碰到拉門的骨架，也不會發出任何聲響，流暢地跳過去，在另一邊著地時，也幾乎聽不到落地聲，身體相當柔軟；小玉則完全不一樣。有時是腹部、背部，有時是後腳，總之牠一定會有某個部位撞到拉門的骨架，發出巨大聲響，接著伴隨響亮的落地聲在緣廊著地。說是著地，其實說是掉落更為貼切。其中的差別或許和一般母貓與公貓的差異相同，這點我不清楚。但仔細一想，相同性別的人類也明顯有類似的差異。有些人只是從一間房走到另一間房，就一定會撞到隔間的唐紙[2]、走在緣廊時不發出響亮腳步聲就不知道該怎麼走路；也有些人完全不會發出聲響，靜到讓人感覺詭異。一想到這些，就覺得三毛和小玉的狀況或許也是一樣，主要的差異不僅僅是由於性別，而是應該歸因於個性。

譯注｜2｜自中國傳入日本的製紙技術，應用在製作拉門、隔間等。

今年春寒時節後，三毛的生活開始出現顯著的變化。在那之前牠幾乎不出門，後來卻開始幾乎每天外出。以前看到其他貓，牠都會嚇得顯露敵意，樣子十分好笑，現在卻不知為何，有時會看到牠在庭院一角和我們沒見過的貓一起散步。有時三毛會躲起來一整天，或更長的時間。一開始我們還很擔心牠是不是遭到殺貓人的毒手，有時會找遍附近一帶，最後牠就在天亮時回家。平時富有光澤的毛色微妙地沾上淡淡的髒污，臉型也明顯消瘦、眼神變得銳利，食慾也明顯減退了。

也曾聽孩子說，我們家的三毛和奇怪的貓小偷在旁邊的屋頂上打架。不知為何，我覺得很可怕。這惹人憐愛的小動物，在自己渾然不覺之下，身體內部因為「自然界」不可違抗的命令，逐漸出現無可避免的變化。對這種情況渾然不知的牠，只能對這侵襲自身的不可思議威力的壓迫，感到恐懼不已，同時在這春寒時節裡落霜的夜晚，在陌生的屋簷下徬徨走著。我至今才感受到自然的法則有多可怕，同時，也為就連這股恐懼感也無法自覺的貓咪感到哀傷。

不久後，不知道從何時開始，三毛的生活又回復如同往常的平靜，那時三毛已不像是之前的小貓，牠已然成為了不起、能夠獨當一面的「母親」了。

牠平日出入的拉門開口，對牠而言日漸窄小。每次出入，牠那沉重的腹部就會重重地撞向拉門。有時甚至會比笨手笨腳的小玉發出更大的聲響後，才終於穿過去。即便是人類，如果戴上帽簷比平常戴的帽子稍微寬一些的草帽，對方位、角度的判斷也會失準，甚至可能會撞上各種東西，所以即使三毛的神經再怎麼敏銳，肯定也無法適應每天都在變化的身體。對此，我擔心是否會因此對胎兒或母體產生不良的影響，但也無計可施，只能先順其自然。

我的孩子們經常討論，不知道會生出什麼樣的小貓，也提出各種他們私心想要的模樣，並在他們各自的小腦袋裡描繪出那終於來臨的奇蹟之日，眼巴巴地盼望著。他們也向爸媽提出，希望這次生下的小貓，全都留在家裡自己養。

有一天，家中大部分人都出去逛博覽會，我則留在家裡，在難得安靜的樓梯下小房間工作，卻聽到三毛發出和往常不同的叫聲。這和牠討食，或外出回來找不到主人的樣子有些不同，而且似乎還很擔心、靜不下來。三毛先是來到我身邊，又立刻走去緣廊，接著在雜物間裡來回踱步，像是在找什麼東西似地，並發出慘叫聲。

即使我過去不曾經歷過這種事，對三毛這種不尋常的舉動代表的意義，也有明確的直覺。我不知道該怎麼辦。妻子不在，家中的母親和年幼的女傭也不清楚貓生產時，該做哪些適當的處置。

我們先把舊坐墊放進老舊竹編行李箱的上蓋，並把它放置在飯廳廚櫃旁的隱蔽處，讓三毛坐進去。但這隻平時就對自己待的地方和睡覺的地方相當挑剔的貓，在那陌生的產房一刻也靜不下來，未曾入睡，並且像著魔般來回踱步。

中午過後我爬上二樓，就聽到女傭在樓下大喊說貓出現異狀。我下樓查看，發現三毛在客廳緣廊下，對一個滿身砂土的老鼠色肉團拚命舔遍全身。那是個看來幾乎已無生命跡象的海參般的肉團，卻不時發出和外表不相襯的尖聲初啼。

三毛看起來完全束手無策。牠叼著寶寶的後頸打算走向庭院，走到一半又把寶寶放下，舔遍全身。最後終於將那滿身是土、身體濕得讓人感到噁心的東西叼進我們的客廳，並放在我的座墊上，接著，如果以人類來比喻，就是打算像產婆一樣，對新生兒施予該處理的手續。我急忙把剛剛那個竹編行李箱上蓋拿來，把三毛母子安置其中，但三毛完全不願意多待一會兒，立刻就把寶寶拖到坐墊上。

不知道如何是好的我把那行李箱放進後面的雜物間裡，把三毛母子關在裡面，感覺有點殘忍，但我難以忍受家裡的榻榻米全都弄髒。

雜物間的門傳來大力搔抓的聲響，隨後便突然在高處的無雙窗[3]看到三毛。牠叼著小貓直直站立，打算從窗戶的縫隙中鑽出來，那發瘋般掙扎的樣子，實在很嚇人。三毛那時的模樣和可怕的眼神深深烙印在我腦海裡，至今也無法忘記。

我急忙打開門。仔細一看，小貓的身體已經整個變成黑色，三毛的四隻腳也像是穿上綁腿一樣呈現黑色。

不久前，我把要塗在欄杆柱腳的防腐塗料桶，放在雜物間的窗戶下方，小貓應該是掉進去了。頭沾到油的小貓看起來已經明顯停止呼吸，但仍稍微可以看出牠正在扭動。

對我這個殘酷的人類來說，如果三毛沾到防腐劑的腳和小貓把家裡的榻榻米弄髒我會非常困擾，所以我馬上把三毛抱進浴室，開始用肥皂清洗，但這種黏膩的油滲透進濃密生長的被毛中，要清除並不容易。

沒多久後，我迅速將看似沒有生命跡象的小貓埋在後院的桃樹下。埋

譯註｜3｜用相同寬度的木板隔成相同的間隔，製作內外兩層，藉由移動內層的窗片，便能控制窗戶的開與關。

好後，心裡又出現不安的情緒，感到非常不舒服，但又實在沒有勇氣再挖出來看，而且我也不覺得那沾滿黑油的噁心肉塊會復活。

過沒多久，大家都回來了，我把他們出門時發生的意外事件描述給他們聽時，三毛又開始準備分娩第二隻和第三隻貓寶寶。我已經請妻子幫忙處理一切，之後便走上二樓。坐在桌前，總算冷靜下來時，才發現我因生病而衰弱的神經由於異常的激動，感到相當疲累。

之後出生的三隻小貓過沒多久都死了。我猜想或許是被關進雜物間後，三毛肉體和精神上十分激動，因而導致死產。這樣的猜想有如一道小小的傷痕，始終留在我的內心深處。對於在桃樹下和三隻同胞一同長眠的那隻小貓，我心中抱持的不安，或許這一輩子都會輕輕刺痛我的良心，無法抹滅。

三毛產後的變化不太尋常。牠食慾全失，眼睛微張鬱鬱寡歡地眨啊眨，一整天始終拱著背端坐。試著摸牠時，可以感覺到牠全身的肌肉都在微微顫動。我覺得如果放任不管會很危險，便要家人立刻帶牠去家附近的獸醫院。檢查的結果，三毛肚子裡似乎還有胎兒，建議必須動手術並住院一段時間。

三毛只住院十天，孩子們每天都輪流去探視。他們回來後，我都會詢問三毛的狀況，卻始終搞不清楚。有時醫生也會警告說如果探視的次數太過頻繁，會刺激貓咪的神經導致生病，孩子們便離開了。

仔細想想，醫生留下不會說話的家畜並施予治療，這個職業感覺相當神聖。動物對於住院期間受到的對待既無法判斷，也不會記得，加上回家後也不會對人類說什麼，對這樣的病患施予誠實親切的治療，這雖然是理所應當，卻也讓人感覺是件美好的事。

出院後，醫院也開了幾天份的藥。那藥袋和人類的一模一樣，姓名的地方寫著吉村氏愛貓，下方則印有「號」這個字，大概是「三毛號」的省略吧。總之在那之後有段時間，孩子們之間都喜歡把三毛暱稱為愛貓號。

有一天，放學回家的孩子抱著沒見過的小貓回來，好像是有人丟棄在我們家門前的。牠是白底黑色斑紋、尾巴長長的品種。放牠在緣廊走動，便發現牠的腳步還不穩，紡綢般光滑的腳底板沒什麼力氣，在地板上滑來滑去。我們把三毛帶過來讓兩隻貓相處時，三毛非常驚恐，背上的毛都豎了起來。但過了幾個小時後再去看，不知道誰把櫃子裡的風琴椅放倒，製造出一個凹洞，三毛就在裡面拉長身體橫躺著，讓小貓吸吮乳房。小貓從喉嚨發出微弱的咕嚕咕嚕聲，三毛則發出我們從來不曾聽過的呼嚕呼嚕聲，舔遍小貓全身。我想是牠還未曾覺醒便已中止的母性，因為這隻不認識的小貓暫時被喚醒了。我看著這失去孩子的母親，和那失去母親的孩子，不禁莫名感受到一股滿足感，彷彿內心受到撫慰。

在三毛的腦袋瓜裡，應該不清楚這失去母親的小不點，和自己生下的孩子之間的差別。並且肯定只是依循本能的驅使，純粹為了滿足自己才養育這孩子。但在我們人類看來，卻很難這麼想。三毛用滿懷濃烈的愛意的聲音一邊呼嚕呼嚕的同時不斷舔舐小貓，一見到這情景，我們就被散發溫柔情感的氣氛包圍，最終深深陷入其中。並且不會再去想任何論述人類和這種動物之間差異的學說，因為那些理論既沒有意義，也根本不重要。

有時我會陷入一種幻覺，認為這小不點就是三毛其中一隻死去的親生孩子。如果從人類的科學角度來看，這明顯是不可能發生的事，但在貓咪的精神世界來看，說這是自己夭折的寶寶重生了也沒有錯。如果人類的精神世界是N次元，那沒有「記憶」的貓咪世界或許也可以視為（N-1）次元。

隨著一天天長大，小不點變得愈來愈可愛。牠有三毛和小玉都沒有的長尾巴，另一方面，又具備三毛和小玉都沒有的性情。如果說三毛是古板守舊的年輕媽媽、小玉是鄉下來的書生，小不點便具備有如都市住宅區少爺的特質。有些時候又會耍耍小聰明，但也因為這樣，才更有不討人厭的可愛感。

小貓挺直小小的背脊，把長尾巴彎成乀字形，老是找養母三毛打架，但三毛總像母親一樣適時安撫牠。如果小不點實在太煩人，三毛就會奉陪，粗魯地壓制小貓的脖子，將牠推倒後逃跑。但在這樣的情況下不惡言責罵，就遠比某種類型的人類母親給人感覺好得多了。還有，小貓再怎麼受到過分的對待，也不會畏縮或鬧彆扭，這一點讓人覺得實在比我們的孩子了不起得多。

已經可以獨立生活後，親戚把小不點領養走。接牠走的爺爺來帶牠時，孩子們把小貓帶到三毛身旁，七嘴八舌說地說雖然你們要分開了，小貓還是會受到疼愛等等的話，但只是這樣說，三毛大概什麼也聽不懂。和小不點永別後，三毛彷彿這個世界上什麼也不曾發生過一樣，蹲坐在在緣廊的柱子邊，一副很舒服似地瞇著眼。這模樣在我們這些罪業深重的人類眼中看來，總覺得有點落寞。在那之後的一、兩天裡，有時也會看到三毛像是在找小貓的舉動，但也就只有如此而已。對我家的貓來說，終於回復悠閒和平的日子了。於此同時，幾乎已經遭人遺忘的小玉，存在感變得愈來愈鮮明。

我們對小貓稱呼小玉時，會暱稱牠為「叔叔」。而身為十分冷淡，對小貓漠不關心的叔叔，小玉一向是大家批判的焦点，但那也已經過去了，牠又成為之前那個已經長大的小貓。即使是對待小貓有明顯差別、看起來儼然像個母親的三毛同樣也是如此。牠被我最小的孩子一把抱住時，就會一邊掙扎一邊喵喵叫著想要逃跑，我看到那情景，更覺得三毛的母親形象已然破滅。

夏天快結束時，三毛再度生下小貓。這次也事有湊巧，妻子正好要帶著孩子出門去，但因為三毛的樣子實在奇怪，我便要她暫時留在家裡看護。我們在儲藏室角落較暗的地方擺了幾個竹編行李箱，讓三毛躺在裡面，緩緩撫摸牠的肚子後，牠叫了幾聲，似乎很開心的樣子，不久後，便順利分娩出四隻小貓。

貓媽媽看起來對人類準備的睡床不怎麼放心，不知何時將四隻小貓叼進儲藏室的高櫃子裡。孩子們不理會我們一再阻止，搬出高踏台上去窺看貓咪。我腦中不經意浮現契訶夫[4]的短篇裡小貓和孩子的對話，便也不打算太嚴厲責備他們的舉動了。

小貓開眼之後，我們有時會從櫃子把小貓抱下來，讓牠們在榻榻米上爬行。這時家裡所有人都會聚集過來圍觀這一大奇蹟。一天又一天重複的過程中，明顯能看出小貓還不太會靈活運用的腳，慢慢變得穩定。從單純的感覺統合慢慢建構出經驗與知識，我想這樣的途徑或許和人類的寶寶十分類似。而牠們的進步相較於人類，更是飛速得令人訝異，這一點也難以阻擋。像這樣，相較於智能的漸近線（asymptote）較遠的人類，智能的漸近線相近的動物，漸近線接近的速度較快，我認為這些事實是相當值得留意的事。與物質相關的科學領域裡，與此相似的例子似乎相當罕見。

有兩隻小貓和三毛的毛色大致相似。我們把其中一隻叫做「太郎」、

譯註｜4｜Анто́н Па́влович Че́хов，1860-1904年。俄國短篇小説名家、劇作家。

另一隻叫做「次郎」。另外兩隻有和小玉類似的橘紅色，與灰色和褐色條紋般的斑點，我們把前面那隻取名為「小紅」、後面那隻取名為「小猴」。小猴臉上的條紋和所謂的猿隈[5]相似，便取了這個名字。而牠背上的斑點像老虎，所以也會叫她「奴延[6]」。只有這隻奴延是母的，其他三隻都是公的。

隨著成長，四隻小貓的個性差異愈來愈明顯。太郎溫和又可愛，確實像是公貓。次郎像個少爺這一點也和太郎很像，但總覺得牠有時有些粗魯、遲鈍。至於小紅，看牠的表情，有時會覺得像是神經質的狐狸，實際上卻很膽小，或說是慎重，較不像小孩子。小猴因為是母貓，有些母貓的特質，如果被抓住就會發出尖叫，把我們嚇一大跳。

只要把小玉帶到小貓群裡，小紅和次郎就怕得要死，拱背站立，緊張得全身僵硬，但太郎和小猴卻很快就習慣，毫不在意。小玉則仍然是極度冷漠的叔叔，覺得小貓很煩人，一下就不知道逃到哪去了。

譯註｜5｜日本傳統文化歌舞伎中，代表猴子角色的妝容。

譯註｜6｜原文為鵺（ぬえ），是日本傳說中的妖怪，有猴子的面容、蛇的尾巴，有些文獻中會將其身體描寫為老虎的模樣。

四個孩子對四隻小貓的感情同樣天差地遠。這是無人能干預的自然法則。雖說有自己的好惡是件壞事，但若是有個沒有好惡的世界，不知道那該有多落寞呢？

小貓各自都有人認養。太郎去了據說在某家百貨公司工作的一對夫妻家；次郎去了有點遠的大宅；小紅去了一個獨居在山野的人家；最後小猴則去了附近電車大道的冰店，大家都各自安頓好了。在此之前，我就用油彩畫下四隻小貓睡覺的樣子作為紀念，至今仍掛在書房的架上。雖然畫得不好，但每當我看到它，心裡總會感到一絲溫暖。

收養太郎的那家人和我們有些交情，所以年幼的孩子們經常去探望牠。安置小猴的冰店要過去也很方便，聽說孩子們路過時都會去看看牠。到了秋天，那間冰店就會改賣地瓜。我也經常看到小猴在店門口門框能照到太陽的位置，用香盒坐姿[7]打瞌睡的模樣。我每次經過店門口，總像是在偷看店裡的情景，對自己這樣的舉動，連自己都覺得好笑。

譯註｜7｜貓咪把前腳往內摺的姿勢，這個姿勢代表貓咪大致放鬆，但仍保有幾分警覺。

直到現在，家人還是經常會談起小貓的事。而貓咪也難免會遭遇順境或厄運。前不久，死在附近水溝的可憐流浪貓的孩子也被拿來比較。有人認為遭遇相同命運，但被撿回家由三毛撫養，又被有錢人家認養的小不點是最幸運的；也有人覺得去了獨居在山野的人家中的小紅應該最開心；妻子對於好運沒有降臨在她特別疼愛的太郎身上一事，似乎有些遺憾；至於我，則對睡在地瓜店門口的小猴最終的命運有些在意。

有天晚上已經夜深時，我在回家的路上經過地瓜店的一角，在巷子裡的垃圾桶旁發現緩步走著的小猴。我靠近摸摸牠的頭，牠也不會想逃跑，就這樣乖乖讓我摸。不知為何牠的背部十分削瘦，毛髮摸起來似乎已經沒什麼光澤，這也讓我感到哀傷。

我懷著幫女兒清理後的「父親」般的心情，走出月光朦朧的巷子，快步走回就在附近的家中。

我在貓咪身上感受到那份純粹而溫暖的愛，在人類身上無法感受到，這令我感到遺憾。要想在人類身上感受得到，我或許必須比人類更加高等才行。這不可能實現，即使有天真的實現了，我恐怕也得感受到超人的孤獨與悲哀。凡人如我還是疼愛小貓就好，至於面對人類，或許就只能抱持應有的尊敬、親近、恐懼、顧忌，或是憎恨了。

貓町

萩原朔太郎｜はぎわら さくたろう

也就是我之前見到的奇妙街道，確實存在於方位倒轉的宇宙逆空間裡。偶然發現這樣的情況後，我便故意對方位產生錯覺，沒隔幾天便踏入這個神祕的空間來一趟旅行。尤其再加上前面提到的缺陷，這趟旅程正好和我的目的不謀而合。

打死蒼蠅的那一刻，蒼蠅「本身」並沒有死去，只不過是蒼蠅這個現象消失了而已。

叔本華

一

對於旅行的嚮往，從我不切實際的幻想中逐漸消逝。以往僅僅只是對於其表象，如火車、汽船、不認識的異國城市天馬行空地想像，就相當興奮。然而過去的經驗告訴我，旅行不過就是「同一空間裡同一事物的移動」罷了。不論去哪裡，仔細觀察就會發現，都只是相似的人類、在相似的村莊或城鎮，重複過著同樣單調的生活。在某個鄉村小鎮，商人一樣會在店裡打著算盤，終日看著蒼茫的街道度日；官員在政府機關裡抽著菸，邊想著午餐的菜色，日復一日過著乏味又單調的每一天，迎向逐漸老去的人生。對於旅行的嚮往，就像在我已顯疲憊的心靈陰暗角落裡，生長於某塊空地的梧桐般，映照出窮極無聊的風景，無論在何處都重複以相同調性的法則運轉，只能感受到對於人類生活乏味的厭惡感。我對於任何旅行，都再無任何興趣與幻想。

從很久之前開始，我就一直用我自己的獨特方法，持續奇妙的旅行。這種專屬於我的旅行是巧妙利用人得以翱翔於時空與因果之外的唯一瞬間，也就是夢與現實的那道邊界，在主觀所建構而成的自由世界遨遊。話說到這裡，應該也沒必要再說更多我的祕密了。只是就我而言，準備抽鴉片的用具和設備相當麻煩，加上在日本也很難買到手，因此多半以能夠輕易注射或服用的嗎啡和古柯鹼之類的藥物取代，在此附加說明。藉這些藥物的麻醉作用，會墜入恍惚的夢，夢裡我神遊各國的旅程，在此無法一一詳述。但大多時候，我都在蛙群聚集的沼澤地，或鄰近極地、有企鵝出沒的沿海地區等處徘徊。這些夢中的景色，全都以色彩鮮豔的原色呈現，無論是海或是天空，都呈現出玻璃般透明的正藍色。甦醒之後，我仍然留存了這樣的記憶，因而經常在現實的世界中，產生奇怪的錯覺。

藥物引領我進入這種旅程，卻嚴重損害我的健康。我每天都憔悴不堪、毫無血色、皮膚衰老沉澱，於是我開始注意自己的養生。某天為了運動而前去散步的途中，我偶然發現一個能滿足我這旅行怪癖的新方法。我遵循醫師指定的醫囑，每天走到離家四、五十條街（約三十分鐘至一小時）一帶的距離散步。那天，我也和平時一樣，在平常散步的區域走著。我都走固定的路線，只有那一天，卻不經意穿越從未走過的小巷。接著便走向完全錯誤的路線，亂了方向。我原本就是在感受指南針方位的感官機能上，有某種顯著缺陷的人。因此我不太會認路，只要踏上有些不熟悉的土地，立刻就會迷路。除此之外我還有個怪癖，走在路上時我會沉浸在冥想中。即使途中遇到認識的人和我打招呼，我也渾然不知，因而常在自家附近迷路，向人問路而遭到取笑。之前我曾在長期居住的自家四周，沿著圍牆繞了十幾圈。由於搞錯方向，我怎麼也找不到就在眼前不遠處的大門入口。家人說，我肯定是狐狸幻化而成的。這種所謂狐狸幻化而成的狀態，應該就是心理學家所說的三半規管病變。因為根據學者的理論，感知方位的特殊功能，是耳內三半規管的功用。

先不扯太遠。我一面因為迷路而感到困惑，一面胡亂猜測方向，趕忙想要回到家裡。接著在有大量樹木的郊外住宅區繞了好幾圈後，不知不覺走到熱鬧的大街上。那是個我完全不認識的美麗街道。路上打掃得十分乾淨，露水沾濕了鋪石。每間商店都舒適整潔，擦拭過的玻璃櫥窗裡，擺設了各式各樣珍稀商品。咖啡廳屋簷邊的大樹繁花盛開，為街道增添光影交錯的情趣。路口的紅色郵筒也是一道美景，就連菸草屋裡的女孩，也如杏花般明艷動人，惹人憐愛。過去我從未見過如此饒富情趣的街道。這樣的街道，到底位於東京的何處呢？我已經不記得地理位置。然而以時間計算，至少我確定那裡離我家很近，就在徒步只需要半小時的距離，是我平時的散步區域或鄰近的範圍裡。但這麼近的地方，至今卻絲毫不為人知，為何會有這樣的一條街道呢？

我感覺自己像在作夢。感覺那不是現實中的街道，而是投影在幻燈片布幕上的街道剪影。然而在那一瞬間，我的記憶和常識都恢復正常。仔細一看，原來那是我所熟知的一條附近的街道，無聊透頂、平凡無奇。就像平時一樣，紅色郵筒佇立在路口；菸草屋裡患有胃病的女孩安坐店內；而每間商店的玻璃櫥窗裡，總是百無聊賴地擺設著過時的商品，上頭布滿灰塵；咖啡廳的屋簷邊，則裝飾著土氣的人造花拱門。這一切都只不過是我見過的、那條始終令人感到無趣的街道。它在一瞬之間，產生全然不同的印象，而這種魔法般不可思議的變化，僅僅是由於我迷了路，對方位產生錯覺的關係。總是在街道南端的郵筒，看起來像是在另一側入口的北邊；總是在左側街邊的商家，反而移去了右側。僅僅只是這樣的變化，就讓整條街道看起來像是從未見過的全新事物。

當時我在誤以為陌生的街道上，凝視著某間商店的看板。看著那塊完全相同的看板上的畫，我覺得似曾相識。接著當記憶恢復的那一瞬間，所有的方位整個逆轉。我立刻發現，原本位於左側的道路變成右側、原本朝北方走的我，其實是朝著南方走。那一刻，指南針的指針大幅轉動，東西南北的空間地域，全都反向扭轉。於此同時，整個宇宙都產生變化，呈現出的街道情趣，都成為截然不同的事物。也就是我之前見到的奇妙街道，確實存在於方位倒轉的宇宙逆空間裡。偶然發現這樣的情況後，我便故意對方位產生錯覺，沒隔幾天便踏入這個神祕的空間來一趟旅行。尤其再加上前面提到的缺陷，這趟旅程正好和我的目的不謀而合。但即使是一般具有方向感的人，偶爾應該也會和我一樣，在各自的經驗中看過這種特殊的空間吧。例如各位在夜深搭乘火車回家，一開始從車站出發時，火車沿著軌道由東往西直線前進。但過沒多久，你小睡一會兒後從睡夢中醒來，接著便發現火車的行進方向在不知不覺間逆轉，由西往東反方向前進。各位的理性告訴你，這絕無可能。然而以感知上的事實而言，火車確實以反方向行進，離你的目的地愈來愈遠。這時，可以試著望向窗外。平時途中見慣的車站和風景，或許全都會變得陌生，無法喚醒絲毫記憶，看來就像是全然不同的世界。然而最後火車到站，當你踏上往常的月台時，才終於從夢中清醒，認清現實的正確方位。而這種魔法一旦解除，你一開始見到的異常景色與事物，都將轉變為平凡無奇、再也熟悉不過的無聊事物。也就是說，一開始你是從背面望向這片相同的景色，之後則如同平時的習慣，再次從正面眺望。像這樣，一件事物只要改變視線方向，就能看到它有不同的兩面。就像同一種現象，有其不為人知的「祕密背面」，並非是帶有形而上神祕色彩的問題。當我還是個孩子，看著掛在牆上畫框裡的畫，總會著迷地不斷思考，到底在這畫框景色的背後，祕密藏有怎樣的世界呢？我曾把畫框拿下來好幾次，窺看油畫背面。而當初那個孩子的疑問，即使至今已長大成人，仍然始終是我想解開的謎。

接下來我要說的這個故事，對我想解開的謎團，也是暗示了某個解答的關鍵。身為讀者，如果能從我這個不可思議的故事，想像暗藏在事物與現象背後的世界，或第四次元的世界，也就是景色背面真實存在的可能性，這故事的一切便真實不虛。然而若是各位無法想像，那下面這個我確實經歷過的實際事件，終究也只不過是嗎啡中毒，中樞神經受損的一介詩人隨意閒聊的頹廢幻覺罷了。總之我還是鼓起勇氣寫看看吧。但我並非小說家，不懂得透過角色和劇情安排引起讀者興趣的技巧。我能做到的，就只有將自己經歷的事實如實寫下而已。

二

那段時間，我暫住在北越地方一處名為 K 的溫泉。時間接近九月底，越過彼岸的山中，已經能充分感受到秋天的氣息了。來自都市的避暑客都已經離開，剩下少數以溫泉療養的住客正靜靜養病。秋天太陽照射的角度日漸低垂，旅館寂靜的中庭裡，樹上落葉紛紛飄散。我穿著法蘭絨浴袍，一個人在後山散步，百無聊賴地進行每天的例行公事。

離我所在的溫泉區不遠處有三座小鎮，這三處說是小鎮，其實是更接近村莊的小部落，其中一處是規模極小的鄉村，既有販賣一般日常用品，都會風的飲食店等也為數不少。從溫泉地到這幾個小鎮，全都有直通道路，每天會有定期的馬車巴士來回行駛。尤其是前往那座繁華的U鎮的路上，還鋪設了小型輕軌。我經常搭乘這條輕軌進小鎮購物，偶爾也會去有女性陪酒的店小酌一番。但我真正的樂趣，卻在於搭乘輕軌的路途中。那如玩具般可愛的火車，就在落葉樹林和看得到山谷的峽谷間，高低蜿蜒地行駛。

某天我搭乘輕軌，在中途下車，徒步往U鎮的方向走去，因為我想獨自在那視野絕佳的峰頂山道優閒散步。道路沿著軌道，穿越林中不規則的小徑。處處可見秋季的繁花盛開，赭石表面閃閃發光，砍下的樹木橫倒在地。我一邊仰望天空中飄浮的白雲，一邊思考此處山中流傳的古老傳說。一般來說，文化程度較低、充斥原始民族圖騰和迷信的地方，確實會有各種故事和傳說，且直到現在，大多數人仍然深信不移。我現在投宿的旅館老闆娘，還有從鄰近村落前來以溫泉療養的人，都會以某種懼怕又嫌惡的情緒，對我講述各式各樣的傳說。據他們所說，有些部落的居民被犬神附身，有些部落的居民則被貓神附身。犬神附身的人只吃肉食，而貓神附身的人則只吃魚維生。

提到這些詭異的部落，這一帶的居民都稱之為「妖附村」，和他們的所有往來都避之唯恐不及。「妖附村」的居民每年會選一個沒有月光的暗夜舉行祭禮。祭禮的情景，除了他們之外，一般人都看不到。即使偶有些人看過祭禮回到鎮上，不知為何也都矢口不提。大家都說那些人擁有特殊妖法、藏有不知從何而來的大筆財產等。

聽聞這些傳言後，人們更加鹽添醋地傳述。他們說現在這種部落裡其中的一個，直到不久前都還群居在這溫泉區附近。如今總算瓦解，居民四散各地，但恐怕多半是在某處繼續他們祕密的團體生活，其鐵證是有人說曾親眼見過他們的okura（魔神的真身）。這些人說這些故事時，帶有農民特有的頑固。無論如何，他們都想將自己迷信的恐懼與真實性強加灌輸給我。但我一方面也覺得別有一番趣味，因此對於大家所聊的傳說聽得津津有味。這種存在於日本諸國的部落禁忌，多半是將風俗習慣與我們相異的外國移居居民和歸化人視為祖先氏神的子孫。或者還有一個可能性更高的推測，那就是基督教徒秘密聚集的部落。然而天地間，有無數個人類不知道的秘密。如同赫瑞修[1]所說，理智並非無所不知。理智將一切事物常識化，在神話裡以通俗的方式解說。而宇宙所隱含的意義，通常都超越通俗。因此所有哲學家者深入探究到最後，總會在詩人面前臣於。唯有詩人直觀的超常識宇宙，形而上學才真正存在。

我沉浸在如此的思維中，獨自走在秋日的山路上。這條狹窄的山路沿

譯註｜1｜Horatio，莎士比亞的悲劇作品《哈姆雷特》中登場的角色之一，為主角哈姆雷特的摯友。

著鐵道，消失在山林深處。想要前往目的地，我唯一能依循的路標只有鐵軌，但此處再也不見鐵軌的蹤影。我不知道該走向何方。

「迷路了！」

結束冥想時，在我腦海中浮現的，是這個令人心慌的詞彙。我突然感到相當不安，慌忙地想要找路。我轉過身，打算反方向往一開始的道路走回去，結果更搞不清楚方向，走入有多處分岔的迷宮裡，進退兩難。我愈走愈往深山裡去，小徑在荊棘裡消失無蹤。時間白白消逝，我一個樵夫也沒遇到。我愈發感到不安，像狗一般焦躁地想嗅出正確的道路，不斷走來走去。最後，終於發現一條有明顯人、馬腳印的狹小山道。我一邊留意那些腳印，一邊往山腳的方向下山。不管我從哪座山的山腳下去，只要到達有住家的地方，至少就能放心下來。

幾個小時後，我到達山腳，並發現一處完全超乎想像、出乎預料的人類世界。那裡並非貧窮農家，而是繁華美麗的小鎮。之前，我有位朋友曾和我聊起西伯利亞鐵道之旅。他說他搭乘火車在那個滿目荒涼、杳無人煙的曠野中沒日沒夜地前進後，終於停靠在沿線的一個小站，在那裡，可以看到無比繁華的都會。而我所見的景象令我驚奇的程度，恐怕也不亞於我朋友。我奔向山腳低窪的平地，那裡有數不盡的住家建築林立，高塔與大樓在陽光照射下炫爛奪目。在這樣偏僻的山中，竟有如此富麗堂皇的都會存在，實在讓人難以輕易相信。

我感覺自己像在觀看投影片，並慢慢往小鎮的方向走去。走著走著，終於連自己都進入這幕投影片中。我從鎮上一處狹小巷弄，穿越如同在母親子宮內狹窄陰暗的小徑後，便接到繁華大道正中央。我在那裡所見的市街景象，十分特殊罕見。所有林立的商店和建築物，都雕琢出風雅不俗的情趣，更構成小鎮整體風格統一之美。不僅如此，還很有年代感，這並非是刻意營造的，而是偶然產生的結果。這景象訴說著小鎮古典優雅的往日歷史，與居民的漫長記憶。整個小鎮大致狹長，即使是大馬路，也才勉強有兩、三間[2]長。其他小路則成為夾在建築物間的狹窄巷弄。我從有如迷宮般曲折、鋪設了石磚的斜坡往下走，鑽進二樓向外推出的凸窗陰影所形成陰暗隧道般的小路。處處可見樹上繁花盛開，彷彿南國小鎮，附近還有水井。所到之處都能看到長長的影子，整座小鎮都像是綠樹樹蔭般蒼翠。幾座像是妓院的房子並排而立，從中庭內某處，傳來高貴優雅的樂聲。

大條的街道上，有許多裝設著玻璃窗的西式住宅。理髮店門口以紅白條紋木棍架設的招牌上，用油漆寫著 Barbershop（理髮店）。這裡也有旅館和洗衣店。鎮上的十字路口有間照相館，它那有如氣象台的玻璃住宅，孤寂地映照著秋日的藍天。鐘錶行裡，戴著眼鏡的老闆端坐著，靜靜地埋頭工作。

街上人潮眾多，熱鬧又擁擠，卻絲毫聽不到任何物品的聲響，優雅閑靜，猶如熟睡的影子搖曳著。這是因為除了步行的人以外，會發出聲響的車輛馬匹等，一概不得通行。然而不僅如此，群聚的人們也悄然無聲。無

譯註｜2｜日本丈量長度的單位，一間為六尺，一尺約為一・八二公尺。

論男女，每個人看起來都優雅有禮、高貴大方。特別是女性不但美麗溫婉，更帶有幾分嬌媚。在店裡買東西的人、在路上談天的人，全都舉止端莊，用聽起來相當舒適的語調低聲談話。這樣的語調和對話，與其說是用耳朵聽，更像是透過某種柔軟的觸覺，以撫摸的方式探知對方想說的話。尤其是女性的話語聲，更像是撫摸肌膚某處的表面般，有種甜美而又令人醉心的魅力。這一切情景與人物，都如幻影般來來去去。

我最先留意到的是，這種小鎮整體的氛圍是人為構成的，人們極為留心地注意每個環節才得以造就。不僅僅是建築物，建構出小鎮氛圍的所有焦點，都只集中在某個重要的美學意象上。即使空氣中的些許騷動，也要極力避免它破壞對比、均整、協調和平衡等美學法則，這樣的小心翼翼遍存於各個角落。加上想要建構出這種美學法則，需要相當複雜的微分計算，因此整座小鎮都繃緊神經，極度不安。像是音調偏高的詞彙會破壞和諧，因此遭到禁止；在路上行走時、揮動一隻手時、用餐喝水時、思考時、挑選衣服花色時，都必須時時細心留意是否和小鎮的氣氛彼此協調、是否和周圍事物維持對比與均整。整座小鎮像由一片單薄的玻璃構成，是會輕易毀損的危險建築物，即使只是稍稍失衡，整棟房子便會崩解、玻璃便會粉碎。為了維持它的穩定，需要一根又一根由微妙的計算建構而成的支柱，以其對比與均整苦苦支撐。而可怕的是，這些都是建構這座小鎮的真實狀況。即使是一個不小心的失誤，也會等同於他們的崩壞與滅亡。小鎮的每一條神經，都在這種驚懼與害怕之下繃到最緊。看起來充滿美學的小鎮意象，並非僅僅為了趣味而存在，背後隱藏了更可怕的深切問題。

開始留意到這一點之後，我突然不安了起來，在周圍電力滿滿的空氣中，感受神經繃緊的痛苦。小鎮特殊的美、如同無聲夢境般的閑靜，反而隱然在某種令人不快而駭人的祕密中，感覺到人們正在互相交換暗號。不知道怎麼回事，某種隱約的預感，以蒼白可怕的模樣，在我腦海中匆匆竄過。所有感覺都獲得釋放，物體細微的色彩、氣味、聲響、滋味，甚至是意義，我都能確實地感知到。我周圍的空氣裡，滿是死屍般的臭味，氣壓漸漸升高。此處所顯現的，確實是某種凶兆。現在的確有不尋常的事發生！肯定有事發生！

小鎮沒有出現任何變化。街道仍然人潮眾多，安靜無聲、十分優雅的人們在路上走著。遠方某處接連傳來摩擦胡弓[3]弓弦般的低沉聲響，聽起來悲傷不已。那是一種預感，包裹著令人恐懼的不安，就像大地震來襲的前一刻，某處有個人正感到奇怪地觀望著和平時沒有絲毫差別的小鎮一樣。此刻，就因為些微的波動，有一個人倒下。而這份建構好的協調感遭到破壞，整座小鎮都陷入混亂中。

我就像身處於惡夢中，意識到自己在夢境裡而努力想睜開眼睛、拚命掙扎的人一樣，在可怕的預感中焦躁難安。天空呈現透明清澈的藍，充飽電的空氣密度節節升高。建築物不安地扭曲，像生病了一樣變得瘦弱。處處可見有如高塔的物體。屋頂也異常細長，看起來就像細瘦的雞腳，骨頭

譯註｜3｜日本的弓弦樂器，演奏時將琴身立在地上，用弓摩擦發聲；形狀像是較小的三味線。

怪異地凸出，十分畸形。

「就是現在！」

一陣恐懼感在我胸口流竄，正當我忍不住叫出聲時，有個小小、黑黑、像老鼠般的動物在街道正中央行走。那動物在我的眼裡，形成鮮明的景象。不知為何，那時我有某種異常、唐突、破壞了整體協調的感覺。

一瞬間，萬象嘎然靜止，無盡的沉默在空氣中擴散。我不知道發生了什麼事。然而在下一秒，超乎常人想像、前所未聞的可怕怪事發生了。定睛一看，一大群貓塞滿小鎮街道，滿街鑽動。貓、貓、貓、貓、貓、貓、貓，不管望向何處都是貓。而家家戶戶，都能看到長著鬍鬚的貓臉，像是畫框裡的畫一樣，從窗口向外立體地突出。

我在驚嚇中幾乎無法呼吸，差點就要昏倒。這裡根本不是人類居住的世界，而是只有貓居住的小鎮啊。到底是怎麼回事呢？我能相信這個景象嗎？現在我的腦袋確實不太對勁。我看到幻象了，不然就是我瘋了。我自身的宇宙意識失衡，已然崩壞。

我開始害怕起自己。我強烈感覺到一股駭人的最終破滅，正朝我逼近。顫慄地在暗夜中疾走。但在下個瞬間，我便恢復了意識。一邊靜靜地讓心平靜下來，我再次睜開眼睛，重新看清事實的真相。那時，那無法解釋的群貓景象，已從我的視覺中消失。小鎮裡毫無異樣，窗戶大大敞開。路上沒有任何事發生，無趣的街道一片蒼茫。到處都不見有任何貓咪的蹤影。而整個小鎮的樣貌則有一百八十度轉變。小鎮上平凡的商家林立，鄉下隨處可見、疲憊又滿身髒污的人，走在白晝毫無生氣的街道上。那個魅惑的奇異小鎮彷彿消失了，就像歌牌[4]翻面一般，呈現出全然不同的世界。這裡出現的，是一般平凡的鄉村。而且根本就是我所熟知的那個U鎮的模樣啊。那裡一如往常的理髮店，擺著空蕩蕩的椅子，望著白天的街道；小鎮落寞的左側，門可羅雀的鐘錶行打著呵欠，像平時一樣大門緊閉。一切都如我所熟悉的街道，一如往常毫無變化的鄉下單調小鎮。

譯註｜4｜日本過年時玩的紙牌遊戲，歌牌一面印有和歌、另一面則為圖案。

此時，我的意識已經十分清醒，終於了解所發生的一切。愚蠢的我，之前提到的知覺疾病「三半規管病變」又發作了。在山上迷路時，我已經沒了方向感。我原本打算從另一頭下山，卻又回到U鎮。加上那裡和我平時下車的車站處於完全不同的方位，便在小鎮中心迷路了。因此和我的記憶完全相反，從指南針的相反方向看過去，上下四方、前後左右全都逆轉，我見到第四次元的另一個宇宙（景色的背面）。也就是說如果以常識解說，我「受到狐妖迷惑」了。

三

我的故事就此完結。但我不可思議的疑問，卻又從此處重新萌生。中國的哲學家莊子曾作夢變成蝴蝶[5]，醒來後便疑惑地自言自語：「到底夢中蝴蝶的是自己，還是現在的自己是自己？」這個亙古之謎，跨越千古仍無人

譯註｜5｜並不是莊子夢到蝴蝶，而是莊子《齊物論》裡莊周夢蝶的故事。

能解。令人產生錯覺的宇宙是受到狐妖迷惑的人見到的嗎？還是保有理智意識正常的雙眼見到的呢？究竟形而上的真實世界，存在於景色的背面或是正面呢？恐怕沒有人能回答這個疑問。然而，至今仍留在我的記憶裡的，是那個不可思議的妖怪小鎮，那個無論是窗戶、屋簷或街道都鮮明地反映著貓咪模樣的奇怪貓町的景象。我那鮮明的知覺，即使在過了十幾年後的今天，都還能回想起那個可怕的記憶，就在我眼前生動清晰地顯現。

人們聽了我的故事，譏笑說那是詩人的病態錯覺、可笑的虛妄幻影。但我確實見到了只有貓居住的小鎮，小鎮上的貓都展現出如同人類的姿態，群聚在街上。無論是否合理、無論人們如何議論，我在宇宙的某處「見到」這番景象，對我而言絕對是最毫無懷疑的事實。身處眾人的每句嘲笑之前，我至今仍然深信不移。深信日本海沿岸流傳的奇特部落、深信那個只有貓精靈居住的小鎮，必定在宇宙的某處真實存在。

◎作者簡介

萩原朔太郎・はぎわら さくたろう

一八八六—一九四二

詩人。出生於群馬縣。中學時期開始寫作短歌寫作並投稿於藝文雜誌，後傾倒於詩人北原白秋，轉而投入詩的寫作。同時，與詩人室生犀星成為摯交，共同創辦人魚詩社和雜誌《感情》，提倡重視情感的新式抒情詩。一九一七年出版首部詩集《吠月》受到詩壇高度評價，確立日本口語詩的里程碑。隨後發表詩集《青貓》、《純情小曲集》和詩論《詩的原理》等，以孤獨、倦怠等語彙表達貼近當代情感。無論創作或理論都取得高度成就，深刻影響後輩詩人，被譽為日本近代詩之父。

棄貓坡

豐島與志雄｜とよしま　よしお

走棄貓坡是最近的路，我滿不在乎地爬上那條陡坡，拿到藥之後，回程也絲毫不以為意地從那條斜坡走下來。不經意之間，我朝那個洞窟般、用舊木板圍起的地下室望了一眼。之前，我也曾經往裡面偷看。

醫院後方，有個狹窄的陡坡。一側是水泥牆，斜坡上水泥牆外有幾株栗樹，枝葉長得相當茂盛。另一側則是高起的峭壁，上面有水泥建成的醫院研究室。斜坡的中央鋪設著寬約二尺的花崗岩，那裡是人走的通道，兩側雜草叢生，積滿煤灰和塵土，瓷器碎片散落一地，整體呈現出陰暗潮濕的感覺。人們經常把小貓或病貓等丟在這裡。我不知道斜坡的名字，說不定根本沒有名字，也有些人將這裡俗稱為棄貓坡。

這條棄貓坡靠近醫院的那一頭，在戰爭時曾因空襲而遭到火舌肆虐，燒得只剩主建築裡的病房區，木造的附屬建築和附近的民宅等全都被大火吞噬。因此，雖然棄貓坡多少比較明亮，卻令人感覺更加陰森。

醫院那頭的峭壁分為兩段層層堆疊。中段只有四尺寬，涵蓋斜坡上方到峭壁上平坦的地面，而上段則是留有火燒痕跡的廣場。這中段的中央有某種洞窟，從上段看起來就像是地下室一樣。鐵欄杆裡的磨砂玻璃門緊閉，但玻璃已經燒毀，整道門搖搖欲墜。火燒過的鐵皮緊緊壓在上面，用鐵絲綁著。從鐵皮的縫隙往內窺看，洞窟內，從上方的出入口透出光線。有個像是金魚攤的四方形水池，裡面堆滿了屍體。有焦黑乾癟的軀體、皮膚燒傷潰爛的頭蓋骨、滿地四散的肋骨、彎折扭曲的四肢，隨處可見豎起的手、腳。火燒到酒精桶，大多浮在水面上的屍體，受到猛烈燃燒的痛苦模樣，都在那裡重現。空氣中瀰漫著惡臭。另一間房裡也有一個桶子，蓋上了厚厚的蓋子。說不定那桶酒精裡，也有幾具屍體正載浮載沉。

人們窺見了如此慘烈的景象後，謠言開始流傳，還有些人特地前去一探究竟。然而這裡經常遭到空襲，誰也無法保證自己明天會怎麼樣，因此醫院屍體儲存場火燒後的殘跡什麼的，也沒有在人們心中留下太深刻的印象。

戰爭結束後，為了不讓人從外面窺看，便用舊木板將這個屍體儲存場貯藏場圍了起來，但這樣反而讓附近的人再度想起它內部的狀況。由於看不見，過去的傳言在人們的想像中，變得更誇張了。原本就很少人經過的棄貓坡，到了晚上更是幾乎不見人影。

斜坡下一間屋前的燈光隱約可見，整條斜坡略顯昏暗。洞窟內的惡臭有時似乎也會猛然傾瀉而出。不僅如此，燒得腐爛的屍體的骷髏頭、肋骨、手和腳也會隨處晃蕩。

斜坡陡急，通道上的花崗岩鋪石相當滑腳。有天晚上，雜貨店的老闆娘摔倒，扭傷了腳踝。

據說老闆娘走下斜坡時，不知道從哪裡傳來這樣的聲音：

「快走、快走。」

正當老闆娘感到奇怪時，聲音又出現了：

「快走、快走。」

老闆娘嚇得加快腳步，就在這時便摔倒了。

另外一天晚上，近藤家的幫傭在斜坡上摔倒，手背和膝蓋都擦傷了。

她是從澡堂回家的途中要爬上斜坡時，聽到這樣的聲音：

「快走、快走。」她覺得很奇怪，便決定不爬上斜坡，打算掉頭走，就在這時便摔倒了。

當然，這些聲音多半是出自她們的恐懼所產生的幻覺。但事實上，我也曾有這樣的經歷。

母親再度受疼痛所苦，不巧止痛用的藥又沒了，因此雖然已經天黑，我還是去找醫生拿藥。走棄貓坡是最近的路，我滿不在乎地爬上那條陡坡，拿到藥之後，回程也絲毫不以為意地從那條斜坡走下來。不經意之間，我朝那個洞窟般、用舊木板圍起的地下室望了一眼。之前，我也曾經往裡面偷看。望了一眼後我覺得不太舒服，便移開視線，就在這時，有陣惡臭飄進鼻子，和我之前偷看時聞到的臭味十分相似。我用力喘氣，往下走到斜坡中段，覺得稍微放鬆下來之際，聽到這樣的聲音：

「快走、快走。」

我跑下斜坡。倒不是覺得可怕，但總覺得有什麼醜惡的東西直接碰到了我的皮膚。

母親發出痛苦的呻吟聲，姊姊正幫她搓揉腰間。

「這麼快啊。媽，藥來囉。您要馬上服用嗎？」

母親點點頭，並發出沒有意義的聲音。姊姊把藥包在澱粉做成的半透明薄膜裡，讓母親配水吞服。蟲叫聲從某處傳來，這個夜晚相當寧靜。才過了五分鐘，原本閉著眼睛的母親睜開眼來。

「這次的藥很有效呢，我已經不痛了。」

雖然心想藥效應該不可能這麼快，姊姊和我卻什麼也沒說。果然，疼痛感再度來襲，母親開始呻吟。她的呻吟聲漸漸轉弱，最後更聽不到了，應該是睡著了吧。

不知不覺間，母親瞪大眼睛，目不轉睛地望向我的方向。那眼神看來不像在看著什麼，一片漠然。我毫不畏縮，始終回望著。母親的雙眼不只空洞無神，根本就像是死物一樣。電燈覆蓋著紗，透出的光線一片朦朧，讓人感覺像是籠罩著整片蚊香煙霧。在這朦朧的視野中，母親的眼睛眨也不眨地直盯著我的方向。就只是盯著，不是在看著什麼。眼珠也早已了無生氣，接著就連眼珠也溶解消失，突然形成兩個洞，只剩下眼窩。是那個地下室裡骷髏頭的眼窩！那東西始終朝向我：

「快走、快走。」

我想起那個聲音。那個地下室的惡臭和病房的臭味相互交疊。母親總是排出帶著臭味的分泌物，流到尿布上，身上也已經出現腐臭味。病房內瀰漫著這些臭味的空氣深沉而詭異。骷髏頭的眼窩朝著我開口說：

「快走、快走。」

是要我去哪裡呢？這句話不只是對我說的。即使面對受病痛折磨的母親；即使面對照顧生病的母親疲累不已的姊姊；即使面對那些桶中燒爛的屍骸，它都是這麼說的吧。即使面對整個社會；即使面對整個世界，它都是這麼說的吧。

姊姊的手戳了戳我的膝蓋，接著，姊姊指向母親的眼睛。

那雙眼仍然大大地睜著。

「到底是怎麼回事？」

姊姊的聲音低沉，像是在哭。我陷入沉思，動也不動。姊姊把臉貼近母親：

「媽，你怎麼了？」

母親若無其事地點點頭，接著閉上眼睛。她的眼皮已經整個凹陷，無法完全閉上，看起來像是微微睜開眼睛一樣。顴骨隆起、鼻子尖瘦、嘴唇也微微張開，耳後已經完全沒有肌肉了。

「好像睡著了。」

姊姊自言自語，說完便大大嘆了口氣，枕著手躺下來。

我們都很清楚母親已經回天乏術，但就在幾天前狀況突然惡化，也幾乎無法吞下任何食物。她一直反胃想吐，不知道自己流出帶有臭味的分泌物，有時則抱怨疼痛。除了煮飯的時間之外，姊姊始終陪在母親身旁。自己也日漸消瘦，氣色一天比一天黯淡。我曾提議至少半夜換我看顧，姊姊卻不答應，打算自己照顧母親直到最後一刻。她說男生不方便幫母親換尿布。病房內的惡臭也已沾染到身上，姊姊卻絲毫不在意。

病房約四個半榻榻米[1]大。隔壁六個榻榻米大的房間，是姊夫和兩個孩子的臥室。姊夫必須在公司超時加班，一個人賺全家的生活費。自從母親臥病在床，他也因為太過拚命而搞壞身體，明顯老了許多。二樓也住了一家人，我們這些窮人都擠在一起。照理說整棟房子裡應該充滿人的臭味，但與其說是體臭，其實更像是滿身污垢的臭味。不只是孩子們想哭，就連大人也無法打從心底開懷大笑。

只有那麼一次，我看到姊姊落淚。那是有一次，正當姊姊在洗母親的尿布時，附近店家的老闆娘來了，大聲說道：

「可憐喔，照顧一個成年嬰兒很辛苦吧。」

老闆娘走後，姊姊就在緣廊邊低聲啜泣。我想應該不是為了老闆娘那

譯註｜1｜兩個榻榻米的大小約等於一坪。

客套的同情而感傷，也不是為了那種嘲諷的態度而心有不甘。她肯定是為了母親幾乎和嬰兒一樣無法控制地便溺而傷心難過。姊姊低聲啜泣，淚水似乎怎樣也無法止住。

「快走、快走。」

倒是說說要走去哪裡啊！

還有一次，有個女人在那條棄貓坡上休息。身上破爛到看不出花色的上衣領口和袖口大大地敞開，下半身緊緊包裹著黑色工作褲，光著腳，只有一隻腳上穿了木屐，另外一隻木屐往外翻到腳尖。那個女人突然倒了下來，用一隻手枕著頭、趴在長滿雜亂粗草的地面上。皮膚滿是泥土灰塵，褪了色的頭髮凌亂不堪。她看起來像是已經死了，但似乎仍有一絲微弱的氣息。她一直維持相同的姿勢，動也不動。該不會就這樣累倒在路邊睡著了吧？初秋的陽光只照射到她的腳尖。

在那道陽光下，有隻在這條斜坡經常見到的小貓，正扭動牠帶著黑色斑紋的瘦弱身軀，走到女人的木屐四周嗅聞著。牠看起來好像在喵喵叫，但聲音微弱得幾乎聽不見。小貓費盡力氣從木屐旁走到女人的腳邊，又把那個區域整個聞了一遍之後，便癱軟地趴在草叢中。

我在中午過後，看到了這樣的景象。傍晚時突然擔心了起來，便過去看看，女人和小貓都不在那裡了，斜坡有點冷，天色漸漸昏暗。圍住地下室的舊木板比起暮色，看起來更加灰暗。

那時，新月的微弱光線正照在那些舊木板上。事情發生在我和那女人唯一一次接吻的夜晚。

我在路邊的攤車喝完含酒精的燒酒後，帶著些微醉意回家，就在那時，遇到走下電車的她。她看起來像是看完電影回來、所以我們既不交談，也不並肩而行，就只是一起往前走。她是販售水果類雜貨的店家的女孩。不是老闆的親生女兒，而是鄉下來幫忙的親戚，年紀似乎不小了。

她先站了起來，泰然自若地往棄貓坡走去。或許是因為有兩個人，而不覺得害怕吧。我自然是一點也不怕。這是個有清風吹拂的溫暖夜晚。斜坡的鋪石路無法容納兩個人並肩行走。她率先站起身，開始往下走。腳邊有些昏暗，頗為危險。風雖然不大，仍吹得栗樹的茂盛枝葉沙沙作響。

在斜坡上走到一半時，斜坡下的另一端傳來狗吠聲。那聲音不久便停了。她停下腳步。我偏離鋪石路，往草叢中走去。走到和她並肩的位置時，她也邁開腳步往前走，身體卻一直往我這裡緊靠。最後，她也偏離鋪石路，走入我所在的草叢中。我夾在她的身體和水泥牆之間，走也走不動。我一抱住她的手臂，她便夾緊手背，緊緊夾住我的手。

這女人真是亂來啊。一股愚蠢的鬥志油然而生：「既然妳有這種意思，就由我來征服妳吧。」我不再走動，用空著的那隻手抱住她的肩膀，她便把臉埋進我的胸口。當我把臉湊過去，想要抱緊她時，她也抬起頭來。

那是個漫長而冷漠的吻。之所以吻那麼久，是因為她沒有停下。

在那個吻進行時，我越過她的肩，望向另一頭舊木板圍起的地下室。新月的微弱光線正照在那些舊木板上。那道光，還有裡面的地下室，似乎正嘲笑我們的舉動。不知為何，我漸漸感到有些反胃。

我默默推開她，走下斜坡，和她道別。

「再見囉。」她說。

她臉圓圓的，看起來很福泰，但也只是臉頰紅潤，肌膚卻不像蘋果，而像是柑橘。「再見囉。」這是賣水果的女孩會說的話嗎？和她道別後，我呸呸呸地吐了吐口水。

我決定從此以後再也不見她。什麼征服啊！根本是她征服了我吧。就算她消失、永遠消失，我也不痛不癢。但是那個看似累倒在路邊的女人，和她腳邊遭人丟棄的小貓不知道何時不見蹤影，這件事和我毫不相干，我心裡卻有些悲戚。地下室應該不會嘲笑我這份心情吧。

地下室裡的屍體，不管是那些燒爛的屍體、在酒精裡浮沉的屍體，或是醫院買來的那些和我毫無關係的屍體，過去應該都曾是某人的血親。那層血緣的連繫，或者也可以說人與人之間的連繫，每到深夜就會喃喃低語：

「快走、快走。」

這不是鬼故事，是悲痛而無奈的內心喃語。對著那個累倒在路邊，之後消失無蹤的女人，那聲音也同樣低語著：

「快走、快走。」

即便是那隻小貓，也同樣對我低語。

到底該去哪裡呢……我回到漸漸走向死亡的母親身邊。大大小小的事都由姊姊處理，我只需要待在一旁。

母親喊痛的次數愈來愈少。醫生說，這反而代表死神愈加接近了。是不是連痛苦的力氣都沒有了呢？我感到十分心痛，不忍心再看下去。

對於前來探病的客人，我們也都只在三個榻榻米大的玄關招呼他們後，便請對方離開。這三個榻榻米的空間，由我們一家人和二樓的那家人共用，因此可以說是我們兩家的接待室。朋友來時，我都在那裡和朋友聊天。

有天晚上，中學時代的老朋友帶了一瓶酒來訪。我們就在玄關三個榻榻米大的空間喝起酒來。他對那瓶酒讚不絕口。比起路邊攤車屋台店常見的含酒精燒酒，這瓶酒的風味堪稱一流，他自己為之取名為酒精威士忌。這酒帶著淡淡的顏色、具有淡淡的風味，是他自行調製出來的，大量批售給酒館能帶來可觀的利潤，他打算大量生產，賺一大筆錢。他說需要多少原料他都能弄到手，並遊說我一起投入。

「管他什麼合不合法，都無所謂啦。我可是提供香醇的酒給我們同胞啊，還有灌醉他們。」

他在戰時受到徵召，奉命在關東平原一帶巡守，戰爭結束後則復員回來。

據他所說，軍隊的主要工作，似乎就只是在地面走來走去。身體必須盡可能趴低貼緊地面，用手背和膝蓋儘可能快速地匍匐前進，和身上背負的炸彈，一起撞向假想中的敵軍戰車。儘可能趴低、儘可能快速地匍匐前進、匍匐前進。這就是每天的工作。

「戰爭結束後，我站起身時感到頭暈目眩。」

「和喝醉時的暈眩感一樣嗎？」

「不，不是那種感覺。喝醉時，是外在的世界會旋轉。我們則是自己的腦袋裡在旋轉。」

「我們」。他用了複數。但那應該不只是指軍隊，也是更大的複數。大多數人在某種層面上，都是在地面匍匐前進。站起身時感到頭暈目眩還算是好的，大多數人都是維持腹部趴地的姿勢，疲憊無力地倒在地上。

這些人都在上野車站附近群聚蠕動。既不是風將他們吹過去，也不是掃帚將他們掃過去，是一吋一吋匍匐前進，直到無法繼續往前，自然相聚的。接著就像垃圾堆一樣愈堆愈多，散發出滿滿濕熱的空氣。

有人請喝含酒精的酒真不錯。酒精燒酒也好，酒精威士忌也好。我贊同朋友的酒精威士忌。

「要幫忙嗎？」

「再等等，我想想。」

戰爭時我曾在一間軍需品公司工作，戰爭結束後那間公司解散，那時的遣散費，也用來支持姊姊一家的生活，不造成他們的困擾，即使沒多少零花錢也沒什麼大問題，但我很清楚這樣下去，總有一天會坐吃山空。必須做些什麼才行，但我卻不想受雇於人。「我的事業」。我希望有份工作能讓我這樣宣稱。因此，私釀酒精威士忌也在我的選項裡。我想要錢，卻不能為錢執著。所有執念都很卑劣。

那種卑劣，我在空襲時見識過不少。

有對因大火而無家可歸的夫婦，寄住在隔壁家中的一間房裡。他們有台手推車。每當空襲警報響起，他們就會把行李胡亂堆上那輛手推車，前往僅有三百公尺遠、火燒的殘跡中的防空洞避難，不論多晚都是如此。一聽到警報，他們就會從睡夢中彈起來，把行李堆到手推車上，稍微察看狀況後拉車出去。男人拉把手、女人在後面推，喀啦喀啦、喀啦喀啦地，在深夜的巷子裡發出聲響，往火燒的殘跡走去。警報解除後過了一會兒，再喀啦喀啦地回來，這時就顯得比較優閒一點。接著把手推車上的行李解下，再度入睡。手推車上的行李，全是些無關緊要的東西。棉被和毛毯、鍋子、小碗盤之類的小件行李，還有少量白米、包巾包裹的物品等，似乎是之前就備好的。

火燒的殘跡，還有那裡的防空洞，到底安不安全呢？雖說連棟的小房子，對燃燒彈來說就等於是並排的薪柴，待在那裡就像是待在大火之下的柴堆裡，但既然寄住在別人家，不應該只顧自己逃命，而是該和那一家人合力防火、搬出行李和避難才對吧。然而這對夫婦卻完全不管其他事，自顧自地拉著手推車逃出去。

手推車的行李雖然無關緊要，卻正是生存必需品。他們認同生存最需要的，就是最無關緊要的日用品。這對夫婦在遭逢災劫後，也應該很清楚這一點吧。而他們的用心，應該也是十分妥切。

即便如此，這對夫婦整體的行為，總令人感覺有些卑劣。不惜這麼做，也希望至少能夠活下來嗎？

回想起大火的景象，我倒是覺得很痛快。眼前所見，只有一整片火海。火海中，叢中的樹幹和電線桿高高矗立，噴發火焰。半片天空黑煙瀰漫，尾端呈現白色，往空中流竄。天空中在火焰反射下發出銀光的飛機四面八方來回飛行。天空和地面一片明亮，只有轟隆轟隆的低沉聲響。太壯烈了。對於在這場空襲中或死或傷的人們而言，他們的死或傷都沒有意義，而且肯定都是一大劫難。但這場大火仍然相當壯烈，這一點並沒有不同。

讓我說出這番冷酷言論的，是那手推車喀拉喀拉的聲響。尤其是半夜發出的這聲響。如此卑劣、如此無情。

後來這對夫婦偷了手推車，不知往哪裡去了。

對了，應該也讓他們喝喝酒精威士忌。

朋友的這種酒，滋味濃烈，且十分強勁。我也醉得厲害。

「我的目的不是賺錢，我想儘可能多灌醉一些人。」他說。

他自己也已經完全醉了。來找我之前，他似乎已經喝了不少，剛剛又大口灌酒。

「喂，待會去喝啤酒。這附近有可以喝啤酒的店家吧？帶我去，我有錢。」

家裡沒有任何下酒菜，只有海苔和醃蘿蔔，對他有些不好意思。酒也喝完了。他說，啤酒是醒酒用的水。

出門時，他整個人搖搖晃晃的。我心想，他不只是喝醉而已，這傢伙又感到暈眩了啊。原本只是不斷爬來爬去，完全敗退之後，突然站了起來。暈眩也好、腳步蹣跚也好、踉蹌也好，不只是他如此。

我先站起身，爬上棄貓坡。他隨後大大地吐了口氣，接著又大大地吐了口氣。

背後悄然無聲，我便回頭看了看，微暗的天色裡，只見他正匍匐前進。煤灰裡混雜著人們丟棄的廚餘和垃圾，他雙手撐在那髒亂的地面上。

「喂，你在做什麼？」

「這個斜坡真是可惡啊。」

他爬起來後，腳步再度不穩，這次他靠向水泥牆。接著又在那裡蹲下，「噁」一地吐了出來。接著似乎看到他的背微微震了震，又「噁」一地吐了出來。

我站著望著他。除了觀望，沒有其他方法，這時反而不能插手幫忙。

過了一會兒。

「還好嗎？」

「什麼嘛！真是該死的斜坡。」

他用手撐著水泥牆，慢慢爬上來。爬上斜坡後，竟出乎意料地健步如飛，快步向前走。他毫不猶豫地走到大路，接著往電車大道走去。

我一點一點放慢腳步，當他走到電車大道時，便默默折返。再陪他下去已經沒有意義了。

他在棄貓坡嘔吐的事，在我心裡留下奇怪的印象。因為我有一絲懷疑，這個嘔吐的男人，是否是其他人。不知何時，有人倚靠在這條斜坡的水泥牆，在此駐足。當我注視他的雙眼，那抹身影便消失無蹤。我們走到靠近醫院那側的中段時，又有人坐在那裡。當我注視他的雙眼，那抹身影便消失無蹤。這段已經忘卻的記憶，如今又回想起來。沒錯，在這條斜坡上，有個不願讓人直視他雙眼的人影在此處徘徊。嘔吐的一定是那傢伙。

我站在斜坡上，遠方屋門前的燈光只隱約可見，花崗岩的鋪石路有些褪色，水泥砌成的峭壁和水泥砌成的牆之間，陰濕之氣揮之不去。

我停下腳步。

就在那裡，栗樹的茂盛枝葉在暗夜裡陰影更加明顯，其中有個模糊可見的身影。「是誰？」定睛一看，那抹身影就消失了。

我移開視線。此時，那抹身影再度出現。感覺得出來，他不願讓人直視雙眼。當我注視他，那身影就消失無蹤。一移開視線，便又再度出現。

我的雙眼始終看向一旁，同時往那傢伙的方向靠近，他似乎不喜歡別人看他，所以我不能看。

「你是誰？」

「你是誰？」他也用同樣的話問我。

「你不想讓人看見嗎？」

「你才不想讓人看見吧？」他反過來質問我。

「我不想讓人看見嗎？那你看我啊。」

「我從剛剛就一直看著你。你為什麼要別過臉去？」

我一時語塞。如果正眼看他，那傢伙肯定會消失。他把我不正眼看他這件事拿來攻擊我，始終死盯著我。我一邊思考該怎麼做，同時一點一點把視線移過去，定睛一看，我的視線正前方是舊木板圍起的地下室。

燒爛的屍體堆中，豎著一根已成白骨的手，還有一根已成白骨的腳。手看起來像是正要往哪裡伸出去、腳看起來像是正要往哪裡跨出去。要往哪裡去呢？手和腳的方向並不一致。

「快走、快走。」

如此低喃的不是骸骨，而是就站在我身旁的身影。我望向那傢伙，那傢伙也望向我。它的雙眼是兩個空洞，是只有骷髏頭眼窩的雙眼。

「啊。」

那不是母親的雙眼嗎？無神地望向我的，母親的雙眼。

「你……」

剛一開口，那傢伙的身影就消失了。我全身上下打起冷顫，心中有種不祥的預感，我感覺到母親的死亡。

惡臭飄散過來。是地下室裡的屍體臭味；也是母親病房裡的臭味。母親。在腹中哺育我並生下這個我、生下這副肉體的母親，為何會流下有如此惡臭的污物呢？子宮癌。我很清楚只是因為生病才會如此，但那樣的腐爛太過無情、太過可悲。母親……不只是母親，在我身旁的所有事物都沾滿惡臭。聞一聞累倒在這裡的女人！聞一聞遭人丟棄的貓！聞一聞朋友……不，聞一聞任何人嘔吐出來的東西！聞一聞住在病房裡的姊姊！聞一聞喀啦喀啦地拉著手推車的夫婦！聞一聞我在那裡吻的女人的齒垢！聞一聞所有的一切！

不知何時，那傢伙的身影再度出現，呆立在身旁。

「做什麼？」

「快走、快走。」

「要走去哪裡呢？」

「去任何你想去的地方。」

回頭一看，那身影已經消失無蹤。想去的地方？有這個地方嗎？即使真的有，我也不想逃避。我想前往我以意志力開拓的方向。風啊，把棄貓坡的惡臭吹散吧。

我一步一步用力踏著，往斜坡下走去，再也不回頭。

母親陷入半昏睡狀態。

隔天早上，母親死了。姊姊整個人洩了氣，再也無力做些什麼。姊夫也陷入恍惚。我先站起身，慎重處理母親的身後事。

◎作者簡介

豐島與志雄・とよしま　よしお

一八九〇―一九五五

小說家、翻譯家。出生於福岡縣，東京大學法文系畢業，在學期間同芥川龍之介、菊池寬等人發起《新思潮》第三次副刊，並於刊物中發表小說〈湖水和彼等〉步入新進作家之列，與太宰治交情匪淺。畢業後於法政大學、明治大學等擔任教職，著作頗豐，出版有長篇小說《白色的早晨》、短篇小說《山吹之花》等。在翻譯方面的成就勝於文學創作，一九一七年所譯法國小說家雨果的《悲慘世界》成為暢銷譯本，其後雖經多次改訂，該版本至今仍廣為流傳。

輯二　喵星人劇場——

橡實與山貓

宮澤賢治｜みやざわ　けんじ

一郎繼續走了一段路之後，溪邊的小徑變得愈來愈窄，最後消失無蹤。而溪流南邊一片漆黑的榧樹森林的方向，則冒出了新的小徑。一郎踏上這條小徑往前走。榧樹的樹枝層層相疊，完全看不見藍天，小徑也變成極為陡峭的上坡。一郎的臉紅了起來，汗水不斷滴落。

一封奇怪的明信片在某個週六傍晚，送到了一郎家中。

致　金田一郎先生　九月十九日

願您好。明天有麻煩裁決大會，請來。

請不要帶武器。

山貓　敬上

內容就是這樣。字寫得糟透了，墨水痕跡也歪七扭八，像是墨水沾到手指一樣。但一郎還是開心得不得了，他把明信片輕輕收進書包，在房間裡四處蹦蹦跳跳。

鑽進被窩後，他也一直想著山貓喵喵叫的臉，還有那場據說很麻煩的裁決大會，直到很晚都還睡不著。

儘管如此，一郎睜開眼時，天已經完全亮了。他走出門外一看，四周圍的山林全都像是剛長出來一樣，一片濃綠潤澤、茂盛生長的大樹，並排在蔚藍的天空下。一郎急忙吃完飯，一個人踏上山中溪流邊的小徑，往山上的方向走去。風從樹間的縫隙穿透過去，橡樹上的果實紛紛掉落。一郎抬頭看了看橡樹，問道：

「橡樹啊橡樹，山貓有沒有經過這裡呢？」橡樹稍微安靜了下來，回答道：「山貓啊，牠今天早上乘著馬車，往東方飛馳而去了喲。」

「東方就是我走的方向吧，真奇怪，總之我就再走一段路吧。橡樹，謝謝你。」

橡樹一語不發，果實又開始一個接一個掉落。

一郎繼續走了一小段路後，已經來到吹笛瀑布。據說之所以叫做吹笛瀑布，是因為滿布純白色岩石的山崖中段，有個小小的洞穴，流水會從這裡飛濺出來，發出有如笛聲般的聲響，並迅速形成瀑布，轟隆隆地沖落山谷。

一郎朝著瀑布大喊：

「喂喂，吹笛瀑布，山貓有沒有經過這裡呢？」

瀑布發出嗶嗶的聲音回答：

「山貓剛剛乘著馬車，往西方飛馳而去了喲。」

「真奇怪，西方是我家的方向啊。不過，我就再走一段路看看吧。吹笛瀑布，謝謝你。」

瀑布便又像原來一樣，繼續吹響笛聲。

一郎又走了一小段路之後，在一棵山毛櫸下，一大群白色蕈菇咚隆隆地，奏著奇怪的樂曲。

一郎彎下腰問：

「喂，蕈菇們，山貓有沒有經過這裡呢？」

蕈菇們聽了便回答：

「山貓啊，牠今天早上乘著馬車，往南方飛馳而去了喲。」一郎歪著頭疑惑地說：

「南方是那座山林的深處啊。真奇怪，我再走一段路看看吧。蕈菇，謝謝你們。」

蕈菇們一個個都很忙碌似地，繼續咚隆隆地奏起那首奇怪的樂曲。

一郎接著又走了一小段路之後，看到松鼠倏地跳到一棵胡桃樹的樹梢上。一郎立刻揮了揮手叫住牠，問道：

「喂，松鼠，山貓有沒有經過這裡呢？」松鼠聽了，便用手遮住額頭，並望向一郎回答道：

「山貓啊，牠今天早上乘著馬車，往南方飛馳而去了喲。」

「在兩個不同的地方，都有人說牠往南方去了，真是奇怪啊。不過，我就再走一段路看看吧。松鼠，謝謝你。」此時松鼠已經不見蹤影，只見胡桃樹最頂端的枝椏搖晃著，一旁山毛櫸的葉子閃過一道亮光。

一郎繼續走了一段路之後，溪邊的小徑變得愈來愈窄，最後消失無蹤。而溪流南邊一片漆黑的榧樹森林的方向，則冒出了新的小徑。一郎踏上這條小徑往前走。榧樹的樹枝層層相疊，完全看不見藍天，小徑也變成極為陡峭的上坡。一郎的臉紅了起來，汗水不斷滴落。爬上那段陡坡後，突然變得一片明亮，讓一郎的眼睛感到有些刺痛。那裡是一片金黃色的草地、風吹得草沙沙作響，四周由高聳的橄欖色榧樹森林包圍了起來。

在那片草地正中央，一個個子矮小、模樣怪異的男人彎著雙腿，手裡拿著皮鞭，不發一語地看著一郎。一郎慢慢走近一看，一驚之下停下腳步。那個男人是獨眼人，看不見的那隻眼睛呈現白色，不斷顫動；他穿著既像是外套，又像是半纏[1]的服飾，不但雙腳如同山羊般大幅彎曲，腳尖更呈現飯匙的形狀。一郎覺得有點害怕，但還是故作鎮定地問：

「你有看到山貓嗎？」

那個男人聽了之後，斜眼看了看一郎的臉，撇了撇嘴後才笑著說：

「山貓先生馬上就會回到這裡來了喲。您是一郎先生吧？」

一郎嚇了一跳，一隻腳往後退，說：

譯註｜1｜一種可禦寒的日式短和服。

「是啊，我是一郎，但你怎麼會知道呢？」那個模樣怪異的男人笑嘻嘻地說：

「這麼說來，您看過明信片囉？」

「看過了，所以才會來這裡。」

「那些語句寫得很差吧？」男人低著頭，哀傷地說。一郎同情起他來，便說：

「這個嘛，寫得還不錯喲。」男人聽了非常開心，呼吸變得急促，臉紅到耳根去了。他邊敞開上衣衣領，讓風吹進去，一邊問：

「字也寫得好看嗎？」一郎忍不住笑了出來，並回答：

「好看啊。如果是五年級生，大概寫不出那樣的字。」

男人聽了，突然又愁容滿面。

「你說五年級生，是指一般的五年級生嗎？」他的聲音聽起來軟弱無力，充滿哀傷，因此一郎急忙說道：

「不是，是大學的五年級生啦。」男人一聽，又開心了起來，齜牙裂嘴地笑著大喊：

「那張明信片是在下寫的喲。」

一郎忍著笑問：「那你到底是誰呢？」男人突然一臉嚴肅地說：

「在下是山貓先生的馬車車夫。」這時，風呼呼地吹了起來，整片草原如波浪般舞動，車夫突然恭敬地行了個禮。

一郎感到奇怪，回頭一看，看到穿著像是黃色陣羽織[2]服飾的山貓站在那裡，綠色的眼珠睜得又圓又大。一郎心想，山貓的耳朵果然又直又尖哪。這時山貓向一郎連連點頭行禮，一郎也恭敬地問好：

「啊，你好，昨天我收到明信片了，謝謝你。」

山貓拉緊鬍鬚、挺出肚子說：

「你好，歡迎大駕光臨。是這樣的，從前天開始發生了一場麻煩的紛爭，我有點苦惱不知道該如何裁決，就想著問問你的看法。嗯，你先好好

譯註｜2｜戰陣中穿的無袖和服。

休息一下，橡實們應該快到了。每年為了這場裁決大會，實在是讓我吃足苦頭啊。」山貓從懷中拿出雪茄盒，自己叼了一根菸，並遞給一郎說：

「要不要來一根？」一郎嚇了一跳，說：

「不用了。」山貓聽了哈哈大笑說：

「呵呵，畢竟你還小啊。」邊說邊唰一聲點燃火柴，刻意把臉皺成一團，呼地吐出一道藍色煙霧。山貓的馬車車夫用立正的姿勢端正地站好，但卻像是拚命忍住想抽菸的慾望似地，眼淚撲簌簌地落下。

這時，一郎聽到腳邊傳來像是鹽粒爆裂般啪啪啪的聲響。一驚之下，一郎彎下腰一看，草叢裡到處都是金黃色的圓形物體，正閃閃發光。仔細一看，全都是穿著紅色褲子的橡實，至於數量，恐怕有超過三百個。大家嘰哩呱啦地聊著。「啊，來了呀。就像螞蟻大軍一樣呢。喂，趕快響鈴。今天那塊區域的陽光很充足，把那裡的草割了。」山貓把雪茄丟掉，連忙吩咐馬車車夫。馬車車夫也急急忙忙地從腰間拿出鐮刀，沙沙沙地把山貓面前的草割斷。橡實們便發出閃閃金光，從四面八方的草叢裡跳出來，嘰哩呱啦地說起話來。

馬車車夫接著鈴鈴鈴地搖響鈴噹。鈴聲在榧樹森林裡哐啷作響，金黃色的橡實們便稍微安靜了下來。仔細一看，山貓不知道何時穿起了黑色緞紋的長和服，裝模作樣地在橡實前面坐下。一郎覺得，這情景簡直就像是眾人在參拜奈良大佛的畫作。接著，車夫揮了兩、三下皮鞭，發出咻咻咻的聲響。

天空一片蔚藍，橡實閃閃發光，景象十分美麗。

「裁決大會到今天也已經三天了，差不多該談和了吧？」山貓略顯擔心，但又勉強擺起架子說完後，橡實們也你一言我一語地大喊：

「不不不，不行，再怎麼說，頭頂愈尖的地位就愈高，而我就是頭最尖的。」

「不不不，才不是呢。圓滾滾的地位比較高，而最圓的就是我。」

「應該是比大小才對，愈大的地位就愈高啦。我就是最大的，所以地位最高。」

「才不是這樣，昨天評審不是也說過我比你大得多嗎？」

「不行哪。是長得高的地位比較高啊，是看高矮的啦。」

「力氣大的地位比較高啦。要比力氣後再決定啊。」大家又再吵吵鬧鬧地爭論，簡直就像捅了蜂巢後蜜蜂群湧而出一樣，已經搞不清楚誰在說些什麼了。此時山貓出聲大喊：

「吵死了！現在我了解整個狀況了。安靜、安靜！」

車夫咻地將鞭子甩出聲響，橡實們才終於安靜了下來。山貓將鬍鬚拉緊，說道：

「裁決大會到今天也已經第三天了，也差不多該談和了吧。」

一說完，橡實們又開始你一言、我一語地開口：

「不不不，不行，再怎麼說，頭頂愈尖的地位就愈高，而我就是頭最尖的。」

「不不不，才不是呢。圓滾滾的地位比較高。」

「才不是這樣，應該是比大小才對。」大家吵吵鬧鬧地爭論，已經搞不清楚誰在說些什麼了。山貓出聲大喊：

「閉嘴！吵死了！現在我了解整個狀況了。安靜、安靜！」

車夫咻地將鞭子甩出聲響，山貓將鬍鬚拉緊，說道：「裁決大會到今天也已經第三天了，也差不多該談和了吧。」

「不不不，不行。頭頂愈尖的……。」橡實們吵鬧不休。

山貓出聲大喊：

「吵死了！現在我了解整個狀況了。安靜、安靜！」

車夫咻地將鞭子甩出聲響，橡實們全都安靜了下來。山貓輕聲對一郎說：「你也看到了，該怎麼辦才好啊？」

一郎笑了笑，回答：

「這樣的話，只要這樣宣判應該就可以了。他們當中最笨、最醜、最發育不良的地位就愈高。這是傳道時我聽到的。」

山貓恍然大悟似地點點頭，接著擺出誇張的架勢，敞開黑色緞紋和服的衣領，稍微露出黃色的陣羽織，向橡實們宣判：

「好了，安靜點。我要宣判結果了。你們當中最不厲害、最笨、最醜、最發育不良、頭型最不完整的地位最高。」

橡實們都沉默了下來，一片寂靜無聲，連空氣都凝結了。

這時，山貓脫下黑色緞紋和服，一邊抹去額頭上的汗水，一邊抓住一郎的手。車夫也很開心，甩了五、六下皮鞭，發出咻啪、咻啪、咻咻啪的聲響。山貓說：

「太感謝你了。吵成這樣的裁決大會，你竟然只用了一分半鐘就幫忙解決了。之後請一定要擔任我這裁決所的榮譽裁判官。是否能麻煩你，從今以後只要收到明信片，務必要前來呢？到時我會送你謝禮的。」

「好的。謝禮就不用了。」

「不，謝禮請務必收下。這事關我的人格。還有，之後明信片會寫上金田一郎閣下，這裡則稱為裁決所，這樣可以嗎？」

一郎說：「好，無所謂。」山貓似乎還有話想說，捻了一會兒鬍鬚、眨了眨眼，終於下定決心似地開口說道：

「另外，之後寫明信片時，寫上『要事有之，明日須應訊』可以嗎？」

一郎笑著說：

「這個嘛，有點奇怪呢，還是不要這樣寫好了。」

山貓欲言又止，一臉遺憾地繼續捻了一會兒鬍鬚、低著頭，最後終於放棄，說：

「那麼，就用之前的語句吧。話說今天的謝禮，你想要黃金橡實一升，還是鹽漬鮭魚頭呢？」

「我想要黃金橡實。」

山貓一臉覺得還好一郎沒有選鮭魚頭的樣子，向馬車車夫迅速交代：

「快去取一升橡實。如果不足一升，就再摻一些鍍金的橡實進去。快！」

車夫將方才的橡實放進枡[3]裡，測量後大喊道：

「正好有一升。」

風把山貓的陣羽織吹得啪噠作響。此時山貓大大地伸了個懶腰、閉上眼睛、微微打了個呵欠，並說。

「好了，快點準備馬車。」車夫拉出白色大蕈菇做成的馬車，前方繫著一隻近似於鼠灰色、形狀怪異的馬。

「好了，送他回家吧。」山貓說。兩人坐上馬車，車夫把裝了橡實的枡放進馬車裡。

咻——啪——

馬車飛離草地，樹木和草叢如煙霧般搖晃。一郎看著黃金橡實，山貓則一臉呆愣地望向遠方。

譯註｜3｜測量液體或穀物等物體分量的容器。

隨著馬車前行，橡實的光芒也跟著愈來愈黯淡，不久後，當馬車停下，橡實也變成原本的褐色。接著，山貓的黃色陣羽織、車夫和蕈菇馬車都同時消失了。一郎拿著裝了橡實的枡，站在家門前。

自從那次之後，一郎再也沒有收到寫著山貓敬上的明信片。有時一郎會想，早知道答應讓山貓寫上「明日須應訊」就好了。

◎作者簡介

宮澤賢治・みやざわ　けんじ

一八九六—一九三三

日本詩人、童話作家。出生於日本東北岩手縣花卷市。盛岡高等農林學校（現岩手大學農學部）畢業。熱愛登山，以採集礦物為樂。學生時期開始創作詩與短歌，曾向雜誌與出版社投稿童話創作，但往往不被採用，生前收到的稿費僅五日元。自費出版的童話集《要求很多的餐廳》和詩集《春與修羅》同樣乏人問津，大量原稿直到死後才由弟弟整理出版，受到後世文壇高度評價。經典詩作〈無懼風雨〉等作品散見於日本中、小學課本，經典童話〈風之又三郎〉、〈卜多力的一生〉、〈銀河鐵道之夜〉更被譯為多國語言。在文學創作之外，他一生致力於農業改良活動，成立「羅須地人協會」進行農業指導，後因積勞成疾病逝，享年三十七歲。

彩虹貓的讀心術

宮原晃一郎｜みやはら　こういちろう

七色彩虹貓一出發，就發現遙遠的那一頭巨大雷神的身影，牠便停下腳步，打開袋子，從裡面拉出一件大披風披在身上，並用頭巾把頭到耳朵緊緊包住，當場坐下，似乎在深思什麼。

不知道在什麼時候、有個地方有一隻貓。這隻貓和一般貓咪不同，牠來自童話王國。童話王國的貓咪擁有與眾不同的毛色。首先，牠的鼻子是紫羅蘭色、眼珠是靛色、耳朵是淡藍色、前腳是綠色、身體是黃色、後腳是橘色、尾巴是紅色。因此，牠正好如彩虹般擁有七種顏色，是隻不可思議的貓。

這隻彩虹貓經歷了幾番奇妙的冒險。接下來要說的，正是其中的一次冒險。

有一天，七色彩虹貓正在做日光浴。太陽曬著、曬著，彩虹貓突然感覺無聊透頂。這是因為最近童話王國天下太平，沒有任何事發生。

「如果再這樣老是無所事事、整天玩樂，身體會愈來愈差，這可不行。」彩虹貓心想。「出門找個地方冒險吧。」

於是，彩虹貓便在門口貼了一張紙。

「給郵差：我會出門兩、三天，如果我不在家時有郵件或包裹送來，請投進煙囪裡。」

接著，彩虹貓便收拾了一些行李，掛在尾巴上，來到童話王國國界。

此時，雲霧正好開始翻騰。

「不如去雲之國露個臉吧。」

彩虹貓一邊自言自語，一邊開始爬上雲之堤。

住在雲之國的人們，個個都很快樂，也沒有特定的工作，即使如此，也不會因為不工作，就覺得世上的一切都很無趣。而且每個人都住在氣派的雲之宮殿裡，從地球望向宮殿，看不見的那一側比看得見的那一側還要美麗得多。

雲之國的居民有時會駕著珍珠白的馬車，或乘著小船、揚起風帆。他們住在天上，因此唯一害怕的就是雷神。這也是理所當然的，畢竟雷神脾氣差得很，經常用腳踩得天空轟隆作響，讓雲之國所有居民的家全都遭殃。

雲之國的人們知道七色彩虹貓大駕光臨都非常開心，禮貌地向他問好。

「唉呀，您來得正是時候。」雲之國的人們說。「其實風神家中，正舉辦一場盛大的宴會。因為他們家最小的兒子北風，今天要迎娶魔法島國王的公主。」

七色彩虹貓早就料到可能會遇到這種情況，早在尾巴上的袋子裡，準備好了各式各樣的物品。

那確實是一場華麗得令人嘆為觀止的婚禮。

所有人都到場，無一缺席。賓客之中也見到彗星的身影。通常只有華麗至極的宴會才出席的慧星竟然現身了。

還有北極光，也穿著閃閃發亮、美到無法言喻的禮服出現。當然，新娘的雙親——魔法島國王和他的珍珠貝王妃也一同出席了。

豪華料理上桌，大家熱鬧又開心地用餐、喝酒，聊天聊到正興起時，一隻燕子慌慌張張飛了進來。據牠所說，魁梧的雷神以石破天驚的氣勢，朝著此處前來。聽說是信風[1]急速通過時，不巧踢到正在睡覺的雷神的腳尖，讓他勃然大怒。

「這該怎麼辦呢？」所有人都嚇得臉色發白，你一言我一語地討論了起來。「這場宴會也會被搞得一塌糊塗吧。」

下一秒，賓客和主人都倉皇驚恐地逃了出去。

然而，七色彩虹貓卻冷靜地笑了起來。這隻貓還頗有智慧的。

彩虹貓悄悄地獨自鑽進桌底，打開牠帶來的小袋子，重新檢視了一遍裡面的東西，想了又想。

但過沒多久，他就從桌底下走了出來。

「我想個辦法讓雷神不要來。」彩虹貓說。「請依照原訂計畫，繼續慶祝，我會想辦法的。」

大家都感染到七色彩虹貓的勇氣，冷靜了下來，卻仍然感到十分害怕。但彩虹貓說不會讓宴會中途受到打擾，大家便開心地聚集在一起。這

譯註｜1｜沿著赤道南、北兩方的副熱帶地區海洋上方的副熱帶高壓，向赤道低緯地區吹的風，稱為信風。

時，只見七色彩虹貓一邊聽著遠處清楚傳來雷神的轟隆聲，一邊朝著聲音傳來的方向飛奔而去。

七色彩虹貓一出發，就發現遙遠的那一頭巨大雷神的身影，牠便停下腳步，打開袋子，從裡面拉出一件大披風披在身上，並用頭巾把頭到耳朵緊緊包住，當場坐下，似乎在深思什麼。

雷神來到天道中段左右，看到這個奇妙的模樣，便在此停下腳步，大聲咆哮道：

「喂！前方何人？在此所為何事？」

「你問我嗎？我是有名的魔術師喵嗚子。」七色彩虹貓裝模作樣地裝出威嚴的聲音回答。「請看我的袋子，裡面有魔術種子。雷神，我從很久之前，就聽聞過你的事蹟了，因為你是了不起的名人哪。」

雷神聽了這番話有些得意，心情也稍微好了起來。但腳被踩得很痛，所以還是有幾分怒火無法平息。

「哼，我可不覺得魔術師有什麼了不起的。你到底會什麼？」

「我知道你心裡在想什麼。」

「喔？是嗎？那你猜猜看，我現在正想些什麼？」

「這個簡單。你的腳被踩得很痛，因此覺得很生氣，想把那個踢得你長出水泡的傢伙揪出來對吧？」

七色彩虹貓方才從燕子口中聽聞這件事，所以很清楚。

雷神大吃一驚。

「嗯，這傢伙不得了啊。你可以教我這招法術嗎？」

「當然可以。但要先試看看你有沒有資質才行。請坐下。」

雷神原地坐下。七色彩虹貓繞著他走了三圈，口中念念有詞，念著些聽不懂的字句。

「好了，說說看，我現在心裡想些什麼？」彩虹貓問。

魁梧的雷神愣了愣，抬頭望著彩虹貓的臉。話說雷神不怎麼聰明。

「你大概是在想，我這樣傻傻地坐在這裡實在很可笑吧。」

「了不起！太驚人了！這樣看來，學會這套法術後你肯定會有一番成就。我從來沒收過這麼聰明的弟子。」

「那就再試一次吧。」

雷神以為自己天資聰穎。

「好，那你猜猜看，我現在正想些什麼？」

雷神裝出一副聰明樣，用他那小小可笑的雙眼，呆呆地看著彩虹貓的臉。

「牛排和洋蔥。」雷神突然開口。

「這真是太了不起了。」彩虹貓故作驚訝地說，並跌坐在地上。

「完全正確！你怎麼會知道？」

「沒有啦，就是突然靈光一現而已。」雷神說。

彩虹貓一臉認真地說：
「今後你一定要好好培養這項才能，實在太厲害了。」
「要怎麼培養呢？」雷神問。他覺得能夠知道人們心裡在想什麼，實在是一大樂事。「什麼也不用做。」彩虹貓心想已經成功騙倒雷神，便開始胡扯一通。「你回家睡上兩、三個小時，之後吃些點心，再睡兩、三個小時就可以了。醒來之後喝杯茶，要喝熱的喲。但是你如果不安安靜靜地乖乖待在家就學不成了。只要這麼做，明天一早，你肯定能輕鬆學會讀心術。」
雷神想要立刻飛奔回家，但倒也沒忘了禮貌。
「太感謝你了。可是，喵嗚子師父，你教我這項絕學，我該怎麼回報你呢？」
七色彩虹貓思考了一會兒說：
「我想要一點閃電，請給我一些。」
魁梧的雷神把手伸進口袋裡，

「這簡單。這樣的話我這裡有一束，拿去吧。要用的時候，只要把上面繫好的繩子解開，閃電就會滑稽地飛出來了。」

「謝謝你。」

說完，七色彩虹貓便收下這一束閃電，接著兩人慎重地握手道別。魁梧的雷神急忙回到家後便依吩咐行動，至於後來怎麼樣了呢？雷神相信自己能夠猜出所有人心中的想法。多虧如此，雷神感到心滿意足，再也不會無端作惡。

七色彩虹貓帶著這束閃電，迅速回到城裡去了。彩虹貓救了城裡的人，他們對此大感欣喜、連聲道謝。彩虹貓也心滿意足，在雲之宮殿待了一週後，便回自己的童話王國去了。至於之後又發生了哪些事，就等下次再告訴你吧。

◎作者簡介

宮原晃一郎・みやはら　こういちろう

一八八二—一九四五

北歐文學者、兒童文學者。出身於鹿兒島縣，本名為宮原知久。幼時因父親工作關係搬家至札幌。一九〇八年任職於小樽新聞記者，期間發表詩作〈海之子〉獲文部省新體詩懸賞佳作，並收錄於一九一〇年尋常小學歌唱教科書中。大量發表童話於《赤鳥》雜誌，出版有童話集《龍宮之犬》、《惡魔的尾巴》等。自學外語，並獨鍾於北歐文學，後期致力於翻譯北歐文學作品。曾譯有挪威作家克努特　漢森的《飢餓》、丹麥作家齊克果《憂愁的哲理》等書，並著有《北歐散策》評論集。

幸坊的貓與雞

宮原晃一郎｜みやはら　こういちろう

話一說完，不可思議的事發生了。幸坊的黑貓不知從哪裡冒出來，像棒球一樣迅速衝出去，追到狐狸身後，用張大的爪插進狐狸的背，狐狸被抓痛了，便放下公雞逃跑了。

一

幸坊一家住在鄉下，因此養了雞。一眨眼公雞已經養六年了，以雞來說，應該已經是年邁的老爺爺，但不知為何，只有這一隻看起來仍然年輕力壯。純白的羽毛像是仍然不斷生長，充滿光澤、雞冠有如紅花美人蕉一樣火紅、喙和腳則像奶油般黃澄澄的。

每當幸坊拿飼料過去，這隻公雞就會搶先跑過來。如果幸坊故意不餵牠讓牠心急，公雞就會抬起一隻腳、歪著頭，一副難以置信的樣子抬頭看著飼料箱，如果幸坊還是笑著不給飼料，公雞就會忍不住咕咕咕地小聲喊叫。

「阿幸、阿幸，我要吃飯。不要這樣惡作劇……」

公雞聽起來就像是這麼說。

「餵我、餵我。快點！」

幸坊開始覺得公雞有點可憐，正要撒飼料餵牠時，那裡突然跳出一隻全身漆黑的貓。其他雞都嚇了一大跳，嘎嘎大叫地逃跑，只有那隻公雞勇氣十足，微微歪著頭，從喉嚨發出咕咕的聲響瞪著貓咪。貓咪覺得很有趣，打算飛撲過去時，公雞低下頭，豎起脖子的毛，打算在貓咪撲到牠身邊時，伺機啄牠的眼睛。

「小黑，好了啦。豆豆不喜歡這樣。」

幸坊說完便抱起小黑，把牠冰冷的鼻尖緊緊貼在自己的臉頰上，再摸摸牠天鵝絨般的背。小黑撒嬌地從喉嚨發出呼嚕呼嚕的聲音，用尖銳的爪子緊緊抓著幸坊的衣服。

二

有天，幸坊在學校輪值，比平時晚了一點才回家。到家時母親一臉苦惱地說：

「阿幸啊，我跟你說，公雞不見了。你看看牠有沒有走進那裡的草叢。雖然有可惡的狐狸出沒，但畢竟是白天，應該不可能是狐狸獵走的。」

幸坊大吃一驚。那隻美麗可愛的公雞竟然不見了！這下可糟了。他心想，一定要找到牠才行，於是便將肩上的包包放下，立刻拿起一根竹片準備出門。這時小黑不知從哪冒了出來，喵喵叫著跟在幸坊身後。

「小黑啊，不行喲。趕快回家，我要去找公雞豆豆啊。如果你是狗，我還能帶你去幫忙找，但你是貓就沒辦法了。」

幸坊把小黑趕回家好幾次，小黑都不聽，無計可施之下只好任由牠跟著。小黑快步往前走，走進農田對面那一大片森林中。幸坊心想這下糟了，不只公雞，連小黑也不見了。

「小黑！小黑！」他大聲呼喚，卻不知道小黑到底跑哪兒去了。

森林裡，樹上枝葉茂盛、地上綠草叢生，即使是白天仍是一片昏暗，何況就快要傍晚了，更是昏暗得多。

「豆豆！豆豆！豆豆！」

幸坊扯開嗓子拚命喊叫，在森林裡走來走去，公雞還是沒有出現。就在此時不知為何，幸坊竟然在原本相當熟悉的森林中完全迷路了，怎麼走也無法走出森林。現在已經顧不得雞和貓了。正當幸坊煩惱該怎麼從這座森林中脫困時，突然發現另一頭有間小屋。

「太好了！」幸坊總算放心下來。當他往那間小屋走去時，看到小屋緊閉的窗戶下方有隻狐狸，掃帚般的大尾巴垂在地面，牠坐在地上，眼睛直盯著那扇窗戶。幸坊覺得很奇怪，便停下腳步，一直留意狐狸的動靜。下一秒，狐狸用非常非常溫柔的聲音唱起歌來。

咯咯咕，可愛的小雞，
頭頂著金冠的可愛小雞，

閃閃發光的可愛小頭，
留著絹絲般翡鬚的小雞，
望向窗戶吧，望向這小小的窗，
這裡來了個了不起的人，
正撒著美味的豆子，
卻都沒有人來撿。

下一秒，小小的窗戶打開了，一個小小的頭探出來，竟然是幸坊的公雞。

「唉呀！是豆豆！」

幸坊大喊著跑出來時，已經太晚了。狐狸迅速撲向豆豆，叼著牠往自己的巢跑去。

「小黑啊，狐狸把我帶到黑漆漆的森林裡、不知道要帶我到哪裡去。

小黑，你快來，快來救我！」

話一說完，不可思議的事發生了。幸坊的黑貓不知從哪裡冒出來，像棒球一樣迅速衝出去，追到狐狸身後，用張大的爪插進狐狸的背，狐狸被抓痛了，便放下公雞逃跑了。

「小心點嘛，豆豆。」貓咪說。「絕對不能把頭伸出窗外！還有，狐狸說的話都不能相信啊。那傢伙會把你啃到連骨頭都不剩！」

接著，小黑便又不見蹤影了。

三

幸坊覺得不可思議得難以置信，立刻往那間小屋的方向跑去。然而那時公雞已經走進小屋裡，從裡面緊緊關上窗戶。

「豆豆、豆豆啊！」

幸坊大聲喊著豆豆，一邊在小屋外繞圈查看，屋內卻一片安靜，沒有任何聲響。

「豆豆，是我呀。不是狐狸，是我呀。」

幸坊不斷敲打窗戶呼喚公雞，公雞卻以為是狐狸，不能開窗：

「不行啦！狐狸先生，你騙我，你會把我啃到連骨頭都不剩對不對？」

「不是這樣的。是我呀，我是把你養在家裡的幸坊呀。沒有什麼狐狸啦。」

「騙人！你是狐狸先生，是你假扮成幸坊。」

「你如果這麼不相信我，那我離窗戶遠一點，你稍微打開窗戶看看，看到我真的是幸坊，再把窗戶整個打開吧，豆豆。」

公雞聽了，看起來似乎稍微放心了一些，並把窗戶打開一道隙縫。

「真的耶，是幸坊呢。那我開窗囉。」

說完，公雞便把窗戶整個打開，準備往幸坊身邊走去。但就在這個時候，不知道從哪冒出來的狐狸一躍而上，一轉眼就叼著公雞，一個箭步往自己的巢穴飛奔而去。

「小黑哥哥、幸坊哥哥。狐狸要把我抓走了，快來救我。」

幸坊正打算追上去時，小黑又不知從哪蹦了出來，狠狠地抓了一下狐狸的耳朵，狐狸被抓痛了，便放下公雞逃之夭夭。

「我都說得那麼清楚了，你怎麼還是打開窗戶呢？待會兒不管誰說什麼，都不能開窗喲。」黑貓說完，便趕忙將公雞趕進小屋，關上窗戶，一溜煙跑走了。

「喂、喂，小黑、小黑！」

幸坊不斷呼喊，小黑卻看都沒看幸坊一眼就走掉了。

「真是奇怪的貓啊。」幸坊小聲嘀咕著，再次走到窗邊呼喚公雞。

「豆豆啊，狐狸已經跑掉啦，沒事囉。快點出來……」

「不要！你這樣說，狐狸又會突然冒出來。」

「放心，我這次會站在窗戶邊站崗……我把你最愛的米也帶來囉。給你。」

公雞聽到稻米撒落的聲音，一副很想吃的樣子，便打開窗戶偷看。牠看到幸坊就站在那裡，便放下心來把門整個打開，走了出來。

「沒事了，狐狸已經跑掉囉。來，多吃點。吃完和我一起回家吧。」

「回去哪裡？」

「回我家呀，回你住的小屋去。」

「我的小屋在這裡呀。你家是什麼地方啊？」

「豆豆真奇怪哪，竟然忘了自己的家……就在那裡啊。在另一頭的……」幸坊指著自己家的方向說。

「唉呀！是狐狸！」

聽到公雞的叫聲，幸坊轉過身去時，看見狐狸叼著公雞，已經跑到兩、三步的距離外了。原來就在剛剛幸坊向後轉，一個不留神時，狐狸便向公雞撲過去了。

「可惡！我不會放過你的。」

幸坊撩起竹棒追了上去，但狐狸腳程很快，轉眼就不見蹤影。這次不知道為什麼，黑貓沒有現身救公雞。

幸坊呆站在原地，接著黑貓終於出現了。

「喂、喂，小黑。」幸坊對黑貓說。「最後公雞還是被狐狸抓走了。小黑，怎麼辦？」

「啊，是幸坊啊……」黑貓說。「你闖禍了啊。是你叫公雞把門打開的吧。」

「是啊……但我沒想到狐狸的速度這麼快。」

「所以我才叮嚀公雞，不管是誰來都不要開門。沒辦法，只好前往狐狸的巢穴把公雞帶回來了。」

「但應該已經被狐狸吃得連骨頭都不剩了吧。」

「不，那傢伙不會馬上吃，會把公雞養得更胖、更美味之後再吃。」

「這樣啊，那我們快走吧。」

「我要準備些東西，請稍等一下。」

黑貓說完，便不知道從哪裡迅速拿了長外套、長靴，和短琴桿的三味線[1]。

「好了，這樣一來就準備萬全了。走吧。」

四

幸坊跟著黑貓，前往狐狸的巢穴。到了洞口後，黑貓彈奏三味線並唱起歌來。

「鏘、鏘、咚、鏗、咚。真是好聽哪，安了金弦的琴哪。狐狸，狐狸的家在這裡啊？那可愛的小狐狸在哪兒呢？」

譯註｜1｜日本的弦樂器，有三條弦，因此又稱「三弦」。

狐狸聽到歌聲，心想到底是誰在唱歌呢？便先叫自己的孩子出去洞口查看。

「成功了！」黑貓三兩下就緊緊抓住小狐狸，塞進自己的外套下襬。接著又再度「鏘叮、鏗咚。真是好聽哪。」地唱著有趣的曲調。狐狸眼見小狐狸始終沒有回來，覺得有些擔心，便從洞穴中微微探出頭，就在此時，黑貓對準了牠的眼睛用爪子插進去，狐狸發出慘叫聲，從洞穴中跳出去，開始和黑貓大打一場。

趁著這個混亂的時刻，公雞嘎嘎大叫地飛出洞穴，幸坊便急忙抓住公雞，一溜煙地往幸坊家的方向跑，接下來的事，則連他自己都搞不清楚了。

五

終於恢復意識的幸坊，在自己的床上躺著。

「豆豆呢？」幸坊一開口就先詢問豆豆的狀況。床頭邊的母親回答：
「你醒啦？那我就放心了。你是怎麼回事？怎麼在森林裡暈倒了呢？」
「豆豆呢？」幸坊又問了一次。
「不用擔心，牠回來了。」
「小黑呢？」
「小黑也回來了喲，只不過滿身是傷地……」
幸坊相當疲累，在床上躺了兩、三天。當他醒來時，便偷偷瞞著母親他們，悄悄走進森林，尋找小屋和狐狸巢穴。
然而不管再怎麼找，始終不見任何小屋和狐狸巢穴的蹤影。應該不是作夢才對啊……

小偷貓

夢野久作｜ゆめの　きゅうさく

女傭根本不知道什麼東西被吃掉了，所以也不知道該如何辯白。餵狗時，有時會看到女傭哭得眼睛紅紅的。

紅太郎覺得女傭很可憐，再也忍無可忍。牠認為一定是虎斑貓偷走廚房的食物，便時時留意虎斑貓的一舉一動。

在一個天朗氣清的日子裡，有隻虎斑貓坐在緣廊，把自己的臉摸了又摸。這隻貓從來不捉老鼠，卻是個貓小偷，鄰居都討厭牠，但牠很擅長「喵嗚、喵嗚，呼嚕、呼嚕」地討人歡心，所以這家人都很疼愛牠。

正好這家人養的褐紅毛色狗狗經過，看到這隻貓便對牠說：

「斑子，你好啊。」

虎斑貓轉過頭向牠打招呼：

「唉呀，紅太郎。地面愈來愈冷了呢。」

「你在做什麼啊？」

虎斑貓裝模作樣地回答：

「我在化妝呀。小女子跟您可不一樣，也是得去見見客人的呀。」

紅太郎雖然覺得這傢伙很討人厭，還是忍著沒表現出來便離開了。

隔天，紅太郎又經過緣廊，看到虎斑貓正啪啦啪啦地，張爪猛力抓著榻榻米表面。紅太郎看了責備地說：

「斑子，你在做什麼！」

「把榻榻米縫隙裡的灰塵撥掉呀。請不要對小女子做的每件事都囉囉嗦嗦地挑剔好嗎！榻榻米上和地面上可是兩個不同的世界。」

斑子說話相當不客氣。紅太郎覺得實在不能饒了這虎斑貓，但這家人都很疼愛牠，只好沉住氣，壓抑下怒火出門去了。

正好這一陣子，這個家裡廚房的食物總會消失不見。而且櫥櫃門都有關好，裡面的東西卻不見了，因此這家人便把女傭叫出來，怒罵道：

「是你吃掉的吧，吃完再推託是狗或貓吃的對不對？」

女傭根本不知道什麼東西被吃掉了，所以也不知道該如何辯白。餵狗時，有時會看到女傭哭得眼睛紅紅的。

紅太郎覺得女傭很可憐，再也忍無可忍。牠認為一定是虎斑貓偷走廚房的食物，便時時留意虎斑貓的一舉一動。

然而有一天，紅太郎悄悄來到廚房，沒想到……虎斑貓正專注地準備把櫥櫃裡的一大塊牛肉拖出來。這下紅太郎不再沉默了，牠怒吼：

「喂！你這貓小偷在做什麼！」

虎斑貓聽了，便回頭怒視紅太郎：

「真囉嗦耶！女傭在這塊肉裡加了老鼠藥，我正要把它放進老鼠會經過的地方啦。你守在家門外，我看你才想偷東西呢。趕快進來啊。」

紅太郎長久以來累積的怒氣終於爆發。

「閉嘴！如果要用老鼠藥，那這個家也不需要你了。驅趕家裡的小偷是我的職責。」

虎斑貓不屑地笑了起來：

「少在那裡說大話了。連榻榻米都不准上去的傢伙，是要怎麼驅趕家裡的小偷啊？」

「可以！看我的！」

話還沒說完，紅太郎就用沾滿泥土的腳跳上地板。

「唉呀，救命啊！」

虎斑貓大喊。紅太郎咬住虎斑貓後甩了幾下，虎斑貓就死了，連一聲喵嗚也沒叫。

這場騷動驚動了家裡的人，他們趕過來，才知道原來虎斑貓會偷東西。夫人便對女傭說：

「懷疑你真是抱歉。那塊肉就當作狗狗的獎賞吧。」

女傭欣喜地流下淚來。

紅太郎也開心到搖得尾巴都快斷了。從此以後，這個家裡的食物再也不曾消失不見了。

◎作者簡介

夢野久作・ゆめの　きゅうさく

一八八九—一九三六

推理小說家。本名杉山直樹，後改名為泰道，夢野久作為其筆名，意指精神恍惚、整天做白日夢之人。出生於福岡市，慶應大學文科中退。一九一五年曾出家兩年，還俗後從事記者工作，並嘗試寫作推理小說。一九二六年發表怪談〈妖鼓〉正式於文壇出道，其後接續發表〈死後之戀〉、〈瓶詰地獄〉等名作確立新進作家地位。風格詭譎醜惡且極度恐怖，一九三五年發表代表作《腦髓地獄》，內容涉及精神病學、民俗學、考古學、回憶錄等，列為日本推理小說四大奇書之一。

小感日常05

和日本文豪一起尋貓去

山貓先生、流浪貓、彩虹貓、賊痞子貓……一起進入貓咪的奇想世界

作　　者　柳田國男、島木健作、寺田寅彥、萩原朔太郎、豐島與志雄、宮澤賢治、宮原晃一郎、夢野久作
譯　　者　林佩蓉
版本出處　網路圖書館青空文庫
策　　畫　好室書品
顧問協力　廖秀娟
特約編輯　陳靜惠、盧琳
校對協力　徐詩淵
封面設計　白日設計
內頁排版　洪志杰

發 行 人　程顯灝
總 編 輯　呂增娣
主　　編　徐詩淵
資深編輯　鄭婷尹
編　　輯　吳嘉芬、林憶欣
美術主編　劉錦堂
美術編輯　曹文甄、黃珮瑜
行銷總監　呂增慧
資深行銷　謝儀方、吳孟蓉
發 行 部　侯莉莉
財 務 部　許麗娟、陳美齡
印　　務　許丁財

出 版 者　四塊玉文創有限公司
總 代 理　三友圖書有限公司
地　　址　一〇六台北市安和路二段二一三號四樓
電　　話　(02) 2377-4155
傳　　真　(02) 2377-4355
電子郵件　service@sanyau.com.tw
郵政劃撥　05844889 三友圖書有限公司

總 經 銷　大和書報圖書股份有限公司
地　　址　新北市新莊區五工五路二號
電　　話　(02) 8990-2588
傳　　真　(02) 2299-7900

製版印刷　皇城廣告印刷事業股份有限公司

初　　版　二〇一八年七月
定　　價　新台幣二八〇元
ISBN　978-957-8587-31-1（平裝）

國家圖書館出版品預行編目 (CIP) 資料

和日本文豪一起尋貓去：山貓先生、流浪貓、彩虹貓、賊痞子貓……一起進入貓咪的奇想世界 / 柳田國男、島木健作、寺田寅彥等著；林佩蓉譯 .-- 初版 .
-- 台北市：四塊玉文創 , 2018.07
面；　公分 .--
978-957-8587-31-1(平裝)

861.67　　107010203

廣　告　回　函
台北郵局登記證
台北廣字第2780號

地址：　　縣/市　　鄉/鎮/市/區　　路/街

段　巷　弄　號　樓

SANYAU

三友圖書有限公司 收

SANYAU PUBLISHING CO., LTD.

106　台北市安和路2段213號4樓

SANYAU
三友圖書
讀書俱樂部

「填妥本回函，寄回本社」，即可免費獲得好好刊。

粉絲招募歡迎加入
臉書／痞客邦搜尋
「三友圖書-微胖男女編輯社」
加入將優先得到出版社
提供的相關優惠、
新書活動等好康訊息。

四塊玉文創╳橘子文化╳食為天文創╳旗林文化
http://www.ju-zi.com.tw
https://www.facebook.com/comehomelife

【黏貼處】對折後寄回，謝謝。

親愛的讀者：

感謝您購買《和日本文豪一起尋貓去：山貓先生、流浪貓、彩虹貓、賊痞子貓……一起進入貓咪的奇想世界 》一書，為感謝您對本書的支持與愛護，只要填妥本回函，並寄回本社，即可成為三友圖書會員，將定期提供新書資訊及各種優惠給您。

姓名＿＿＿＿＿＿＿＿＿＿＿＿＿ 出生年月日＿＿＿＿＿＿＿＿＿＿＿＿＿

電話＿＿＿＿＿＿＿＿＿＿＿＿＿ E-mail ＿＿＿＿＿＿＿＿＿＿＿＿＿

通訊地址＿＿＿＿＿＿＿＿＿＿＿＿＿＿＿＿＿＿＿＿＿＿＿＿＿＿

臉書帳號 ＿＿＿＿＿＿＿＿＿＿＿＿ 部落格名稱＿＿＿＿＿＿＿＿＿＿＿＿

1 年齡
□ 18 歲以下 □ 19 歲～ 25 歲 □ 26 歲～ 35 歲 □ 36 歲～ 45 歲 □ 46 歲～ 55 歲
□ 56 歲～ 65 歲□ 66 歲～ 75 歲 □ 76 歲～ 85 歲 □ 86 歲以上

2 職業
□軍公教 □工 □商 □自由業 □服務業 □農林漁牧業 □家管 □學生
□其他 ＿＿＿＿＿＿＿＿

3 您從何處購得本書？
□網路書店 □博客來 □金石堂 □讀冊 □誠品 □其他 ＿＿＿＿＿＿＿＿
□實體書店 ＿＿＿＿＿＿＿＿

4 您從何處得知本書？
□網路書店 □博客來 □金石堂 □讀冊 □誠品 □其他 ＿＿＿＿＿＿＿＿
□實體書店 ＿＿＿＿＿＿＿＿ □ FB(三友圖書 - 微胖男女編輯社)
□好好刊 (雙月刊) □朋友推薦 □廣播媒體 ＿＿＿＿＿＿＿＿

5 您購買本書的因素有哪些？（可複選）
□作者 □內容 □圖片 □版面編排 □其他 ＿＿＿＿＿＿＿＿

6 您覺得本書的封面設計如何？
□非常滿意 □滿意 □普通 □很差 □其他 ＿＿＿＿＿＿＿＿

7 非常感謝您購買此書，您還對哪些主題有興趣？（可複選）
□中西食譜 □點心烘焙 □飲品類 □旅遊 □養生保健 □瘦身美妝 □手作 □寵物
□商業理財 □心靈療癒 □小說 □其他 ＿＿＿＿＿＿＿＿＿＿＿＿＿＿＿＿

8 您每個月的購書預算為多少金額？
□ 1,000 元以下 □ 1,001 ～ 2,000 元 □ 2,001 ～ 3,000 元 □ 3,001 ～ 4,000 元
□ 4,001 ～ 5,000 元 □ 5,001 元以上

9 若出版的書籍搭配贈品活動，您比較喜歡哪一類型的贈品？(可選 2 種)
□食品調味類 □鍋具類 □家電用品類 □書籍類 □生活用品類 □ DIY 手作類
□交通票券類 □展演活動票券類 □其他 ＿＿＿＿＿＿＿＿

10 您認為本書尚需改進之處？以及對我們的意見？
＿＿＿＿＿＿＿＿＿＿＿＿＿＿＿＿＿＿＿＿＿＿＿＿＿＿＿＿＿＿＿＿

感謝您的填寫，

您寶貴的建議是我們進步的動力！

【黏貼處】對折後寄回，謝謝。